DIEPPE.

EN 1826.

Nouvelles Publications
du même Libraire :

Portrait en pied de Duquesne, lithographié par Grévedon ; en noir, 8 fr. ; Chine, 15 fr.

Costumes de Dieppe, anciens et modernes, et de ses environs ; prix de chaque livraison, coloriée, 5 fr.

ROUEN. IMP. DE MÉGARD.

DIEPPE

EN 1826,

ou Lettres du Vicomte de *** à Milord ***

DIEPPE,

CHEZ MARAIS FILS, LIBRAIRE DE S. A. R. MADAME,
DUCHESSE DE BERRY.

A PARIS,

CHEZ EMLER FRÈRES, LIBRAIRES, RUE GUÉNEGAUD, N° 23.

M. DCCC. XXVI.

DIEPPE EN 1826,

ou

Lettres du Vicomte de ***
à Milord ***.

PREMIÈRE LETTRE.

Dieppe, ce 24 Juin 1826.

Mɪʟᴏʀᴅ, ᴍᴏɴ ʜᴏɴᴏʀᴀʙʟᴇ ᴀᴍɪ,

Vous m'avez fait promettre de traiter en stoïcien les douleurs que nous a causées notre séparation ; je veux vous tenir parole, et je montrerai la même sévérité de principes au milieu des émotions que j'éprouve en me retrouvant en France, après trente ans d'exil, d'un exil cependant qui fut volontaire depuis

1

plusieurs années. Ordinairement on est pro-
lixe à notre âge ; mais je n'userai pas aujour-
d'hui de cette douce licence ; ma lettre sera
courte : car je tiens à vous donner de mes
nouvelles le plus promptement possible.

Ma traversée a été des plus heureuses ;
pas une seule atteinte de ce mal redoutable
qu'éprouve tout novice navigateur. Je ne sais
si je dus ce véritable bonheur au calme qui
régnait sur la mer, ou bien à un reste d'habitude contractée lors de notre voyage dans
l'Inde et de notre retour en Angleterre ; je
n'eus donc pas besoin des bons offices du
steward, que je laissai entièrement libre de
vaquer à ses importantes occupations. Pendant tout le voyage, je me tins presque sans
cesse entre le firmament et le pont du navire,
assis sur les bancs qui sont sur le gaillard
d'arrière. J'avais de nombreux compagnons
de voyage, hommes, femmes et enfants, dont
un grand nombre fit comme moi. Il y avait
également sur le pont des passagers d'une
autre espèce, savoir, des moutons exportés
de leur patrie pour le compte de plusieurs
agronomes français : ces passagers quadru-

pèdes étaient placés sur le devant, de manière
à n'incommoder nullement les humains. Tout
est parfaitement ordonné dans ces paquebots
à vapeur ; c'est une voiture extrêmement commode, outre les avantages que présente la
régularité de sa course. Nous fendions la plaine
liquide à l'aide de nos roues de fer sous la
conduite de *l'helm'sman* (timonnier) ; les
mécaniciens veillaient autour de leurs four-
neaux dans les flancs du navire, comme les
cyclopes dans l'antre de Lemnos. Nous aperçumes à deux heures de nuit la lanterne à
éclipse qui annonce sur une des jetées que la
marée est assez haute pour que les navires
puissent entrer. Une chaloupe de pilote vint à
notre rencontre, et nous donnâmes dans le
port. Plusieurs navires qui sortaient se ran-
gèrent devant nous, non pas sans cris ni
reproches, c'est l'habitude des matelots ; mais
nous faisions plus de bruit qu'eux avec nos
roues et notre vapeur. La lune sur son char
d'argent éclairait le port qui me sembla spa-
cieux ; les maisons qui le bordent paraissaient
dans l'éloignement, et les brouillards du matin
qui s'étendaient comme une gaze légère sur

le fond du tableau, ne laissaient entrevoir que des objets indéterminés. Nous touchions à peine au bord, qu'un commissaire de police vint me demander, ainsi qu'aux autres passagers, d'exhiber mon passe-port ; un ou deux interprètes arrivèrent également. Ces personnes descendaient par un escalier muni d'une rampe, qui avait été promptement placé d'une part sur le quai, de l'autre sur le paquebot. Ce fut par cet escalier que nous débarquâmes ; une troupe d'hommes était là qui s'évertuaient à vanter les hôtels dont ils étaient les actifs représentants. Deux haies de préposés aux douanes nous indiquèrent un petit bureau où nous subîmes une première visite : quant aux malles elles sont portées à l'hôtel des douanes où se fait une visite des plus scrupuleuses, mais avec les plus grands égards, la plus grande politesse.

Vous savez que nous avions demandé à notre hôte de Brighton quelques renseignements sur les hôtels de Dieppe, et qu'il nous avait répondu flegmatiquement en nous présentant plusieurs cartes. A mon arrivée, je pris au hasard parmi ces cartes, et le nom

qui sortit le premier de ma poche fut celui
de l'hôtel que je choisis. Je m'acheminai vers
cet hôtel ainsi que plusieurs autres passagers,
sous la conduite d'un guide qui débuta par
nous dire : Ce n'est pas messieurs et dames
pour vous flatter, mais je demande la per-
mission de vous informer que vous avez fait
un excellent choix : l'hôtel où vous allez descendre a eu l'honneur de recevoir, en 1823,
un prince royal d'Angleterre.

. Je suis logé dans un hôtel anglais : je ne
suis pas fâché de ma rencontre, attendu
que je me trouverai moins dépaysé quoique
dans ma patrie ; je sais cependant que dans
les hôtels français on trouve les deux manières
de vivre. Les deux autres noms anglais qui
étaient sur mes cartes appartiennent aux chefs
de deux hôtels très-bien tenus. On dit que
dans l'un d'eux sur-tout, l'Hôtel-Royal, l'il-
lusion est complète, et que l'on peut s'y croire
au sein de la Grande-Bretagne. En général,
les hôtels de Dieppe, tant anglais que français, sont des plus élégants qu'on puisse voir,
et la cause en est dans le grand nombre
d'étrangers qui viennent dans cette ville, ou

des côtes d'Angleterre ou de l'intérieur de la France, dans la saison des bains.

Si je me rendais en France seulement pour mon plaisir, j'aimerais beaucoup à passer quelque temps à Dieppe ; je trouverais dans cette ville deux avantages réunis : le premier, Milord, consisterait en ce que je serais moins éloigné de vous ; le second, en ce que je pourrais, dans les hôtels dont je viens de vous parler, ne point quitter brusquement des habitudes contractées depuis long-temps.

Milord, mon honorable ami, je vous écrirai sous peu, mais d'ici là, mes pensées et mon cœur iront vous faire plus d'une visite : je crois bien que nous pourrons nous rencontrer en route. Hé ! qu'importent pour ces rapides voyages mes soixante-huit ans et vos soixante-dix années ; notre esprit et notre cœur n'ont point encore senti les atteintes de la vieillesse.

A vous pour la vie,

Le Vicomte de ***.

SECONDE LETTRE.

Dieppe, ce 3 Juillet 1826.

JE vous disais, Milord, dans ma première lettre que, si je le pouvais, je resterais quelque temps à Dieppe : je ne savais guère alors que mon homme d'affaires me permettrait d'y journer. J'ai trouvé ici, poste restante, la lettre que je lui avais demandée ; mais quel a été mon désappointement, lorsque j'ai vu qu'après mille excuses, il m'apprenait que mes affaires sont beaucoup moins avancées qu'il ne me l'avait annoncé : or, je ne me rendrai bien décidément à Dijon qu'après l'entière ratification des négociations de Paris. M. B.... m'engage néanmoins à venir dans la capitale ; mais je n'y passerai que sur de bonnes assurances ; pourquoi irais-je, lorsque je n'entends rien, absolument rien aux affaires ? le spectacle des grandes villes ne m'offre plus d'attraits ; la vue des changements opérés dans Paris, ne compenserait pas pour moi le souvenir de ce qui n'y est plus : autant vaut rester ici, lorsque j'y trouve les avantages dont je vous ai parlé; mais je ne saurais vous dire combien j'en veux à ce M. B.... qui a tant pressé mon départ : car, mon ami, j'aurais pu passer encore quelques semaines avec vous.

Pour en revenir à Dieppe, puisque j'y suis, cette ville me plaît de plus en plus ; elle est assise à l'ouverture de la vallée d'Arques, et comme le dit le poète de Ferney, qui la connaissait bien :

A travers deux rochers où la mer mugissante
Vient briser en courroux son onde blanchissante.

Sur le rocher de l'ouest, où pour parler moins poétiquement, sur la falaise de l'ouest ; le château montre au loin ses vieilles tours, ses murs et ses casernes. Dieppe est plus long que large ; les maisons n'en sont pas très-hautes, mais elles sont régulières ; elles ont presque toutes, au premier et au second étages, des balcons où l'on cultive des fleurs. Les constructions sont en brique, et l'on voit plus

de toits en tuiles qu'en ardoises ; les façades
sont en général peintes en blanc, en rouge
pâle et en jaune. Derrière l'hôtel où je suis
logé est une vaste place, dite *la Place Royale*,
qui offre deux rangs de belles maisons très-
élevées : à l'extrémité sud de cette place on
distingue, à travers des arbres, toute l'abside
de l'église de saint Jacques, ce qui produit un
effet agréable. Outre deux ou trois chapelles
et un temple du culte réformé, il y a dans
la ville deux grandes églises, celle de saint
Jacques dont je viens de parler, et celle de
saint Remi qui est plus rapprochée du château. Le faubourg du Pollet a une chapelle ;
l'église paroissiale est à Neuville, village qui
fait suite au Pollet et qui est placé sur un
côteau que je découvre dans toute son étendue
de la chambre où je vous écris. Les rues de
Dieppe sont bien percées et d'une assez
grande largeur ; la Grande-Rue qui traverse
plus de la moitié de la ville, et qui aboutit
sur le port, est remarquable par sa largeur
et l'élégance de ses boutiques, bien qu'il s'en
trouve quelques-unes qui soient restées rebelles
à l'influence de la mode ; mais elles sont beau-

coup moins nombreuses ici que dans les autres
quartiers où l'on en voit bon nombre qui
ont gardé toute la simplicité, toute l'obscurité des boutiques du dix-septième siècle. Ces
boutiques rappellent bien la vieille France,
et par cela même deviennent de petits monuments qui doivent paraître singuliers à beaucoup d'étrangers. Un grand nombre de fontaines publiques et particulières répandent
leurs eaux dans la ville et contribuent beaucoup à la propreté et à la salubrité; cependant on reconnaît dans plusieurs quartiers,
sur-tout en arrivant d'Angleterre, que la propreté n'est pas dans ces quartiers une qualité
dominante. Celui où je loge tient au port et
présente une suite de grandes arcades sous lesquelles sont des cafés, des boutiques assez
brillantes, et de nombreux cabarets dont les
portes s'ouvrent aux matelots des navires qui
sont en face, et aux dames de la poissonnerie
qui se tiennent sur une petite place qui touche
à la bourse dont les arbres s'élèvent devant
ma fenêtre. A travers leurs rameaux j'entre-
vois tout le port; je suis encore dans le quartier où arrivent les messageries, en sorte que

je puis juger du nombre d'étrangers qui sont apportés soit par les voitures qu'on nomme diligences, soit par les paquebots à vapeur. Les maisons, les hôtels qui bordent les quais du côté de Dieppe, présentent un coup-d'œil agréable et plein de mouvement. Le port est large et très-long ; la forme en est à peu près celle d'un fer à cheval. La partie la plus éloignée des jetées est occupée par les navires de commerce : à en juger par les nombreuses piles de planches de sapin qui couvrent une grande partie des quais, Dieppe fait un commerce considérable avec la Norwège et la Suède. Plus loin, du côté des jetées, abordent toutes les barques de pêcheurs. La population de Dieppe est de seize à dix-sept mille habitants ; mais il y a de plus dans cette ville, à l'époque de la pêche du hareng, et dans l'été, lors de la saison des bains, un grand concours d'étrangers ; il faut aussi compter, outre la population, une garnison qui est ordinairement de cinq à six cents hommes. Je puis dire quelque mots du costume des habitants, lorsque je n'ai pas négligé de parler de la couleur de leurs maisons. Les hommes de la classe aisée

me paraissent avoir une mise simple et qui se
rapproche de celle des Anglais. Quant aux
femmes , leur mise ressemble beaucoup moins
à celle des Anglaises ; on en voit peu , si ce
n'est le Dimanche , qui portent des chapeaux ;
de petits bonnets ou serre-têtes de linge couvrent leurs cheveux et enveloppent leur visage
avec plus ou moins d'ornements et de dentelles
suivant les facultés , les goûts et l'âge de celles
qui les portent. Les classes ouvrières , qui sont
très-nombreuses , me paraissent , aux jours
de travail , peu adonnées au luxe; elles sont
mises avec moins d'élégance qu'en Angleterre.
Les matelots pêcheurs ont pour habits des
vestes de gros drap bleu ou de toile tannée ,
avec des chausses en toile qui ont l'air de petits
jupons , et qui descendent jusqu'aux genoux :
leur tête est couverte d'un bonnet de laine bleue
ou rouge , ou bien d'un chapeau vernissé. Les
femmes semblent avoir adopté la couleur rouge
et bleue pour leurs cotillons , dont l'étoffe est
épaisse ; elles portent un tablier de toile grise ;
leurs casaquins sont ordinairement de drap
bleu comme les vestes de leurs maris. Leurs
bonnets ne sont pas faits comme ceux des

femmes de la ville ; ils ont des barbes de chaque
côté, forment une espèce de toque plissée au-
dessus de la tête, et s'appellent, je ne sais pourquoi, des *aquitaines*. Ces femmes en cotillon
rouge et bleu vont et viennent sans cesse sur le
port ; j'en avais tantôt sous les yeux un groupe
qui causait ; je n'entendais pas la conversation, mais je voyais les bras s'allonger, se replier, les mains se croiser ou venir se placer sur
les hanches : on avait l'air fort animé ; j'aurais
voulu être dessinateur pour croquer ce petit
tableau. Vous voilà, Milord, un peu au courant du pays que j'habite aujourd'hui : ce port
de mer m'offre tous les agréments des villes,
et je n'ai que de petites courses à faire pour
me trouver au milieu de campagnes couvertes
des plus riches moissons, et de villages dont
les rues ombragées par de grands arbres, ont
un caractère agreste qui les rend préférables,
suivant moi, aux plus belles promenades publiques. Ces arbres sont plantés sur des terrasses où croissent abondamment le gazon et
de hautes plantes qui s'élèvent dans toute la
simplicité de la nature : ces terrasses servent
de clôtures à des vergers de pommiers qui

entourent de véritables chaumières. Ces villages, à mon goût, valent ceux de l'Angleterre ; je ne regrette qu'une chose, c'est que
vous ne soyez pas ici pour vous y promener
avec moi.

Je vais vous donner un petit tableau de la
manière dont je passe la journée : l'heure de
la marée étant ces jours-ci au commencement
de la matinée, je vais, dès que je suis levé,
me promener sur le port. Je franchis rapidement le quartier où sont les navires de commerce, car j'ai vu Calcutta, Londres et Liver-
pool ; je me hâte de gagner le quai d'où partent
et où arrivent les bateaux de pêche. J'aime
beaucoup à aller visiter ce quartier des pêcheurs ; j'assiste avec grand plaisir à leurs préparatifs d'embarquement ou à leur retour de
la mer. C'est un spectacle particulier à Dieppe
à cause du grand nombre de pêcheurs qui
appartiennent à cette ville : ce sont de ces
scènes de famille qui ne ressemblent point à
ce qu'on voit par-tout ailleurs, et qui tirent
leur agrément de l'originalité des mœurs des
personnages. On lit dans plusieurs vieilles relations l'histoire *d'hommes marins véritables ;*

les voyageurs de ces temps-là étaient amis du
merveilleux ; mais moi, je puis dire que les
pêcheurs de Dieppe sont des hommes marins
qui n'ont rien de fabuleux. Ils passent leur
vie au milieu des flots, ne restent que peu
d'instants à terre, y viennent apporter le
poisson qu'ils ont pêché, visiter leurs femmes
et leurs enfants qu'ils aiment tendrement, et
faire des vivres ; toutes ces choses faites, ils
remontent dans leurs barques et retournent
sur leur élément. Ces braves matelots nour-
rissent leurs familles avec le produit de leur
pêche, fournissent à une partie de la Normandie et à toute la capitale des mets succu-
lents. Leur industrie fit autrefois la richesse
de Dieppe ; elle empêcha depuis cette ville de
tomber dans la plus profonde misère. Bien que
différentes causes, dont la plus connue est une
espèce de filet très-destructeur, appelé chalut,
aient contribué à rendre le littoral plus stérile
que par le passé, Dieppe est encore le plus
grand port de pêche de la France, et mérite
sous ce point de vue toute la sollicitude du
gouvernement. En quittant le quartier des pêcheurs, je m'achemine vers l'entrée du port en

suivant une longue jetée de pierre : lorsqu'on
est à l'extrémité de cette jetée, on voit se dé-
velopper à sa droite et à sa gauche ce que les
poètes appellent l'onde amère ; et je pense
qu'avec des yeux assez perçants on pourrait
voir, comme le dit Horace, les monstres marins nager à ses côtés. On trouve toujours au
bout de cette espèce de promontoire, de vieux
matelots qui sont trop infirmes pour monter
sur un navire ; mais attirés par un attrait irré-
sistible, ils viennent passer leur journée sur
cette pointe où ils peuvent, avec un peu de
bonne volonté toutefois, se croire encore sur
un navire à l'ancre. De ce poste avancé, ils
ont du moins la jouissance d'examiner la ma-
nœuvre des navires qui entrent et qui sortent,
de blâmer ou d'approuver la conduite du pilote ; assis sur des bancs de bois qui sont
placés sur l'extrémité de la jetée, ils sont là
comme dans un aréopage d'où ils ne s'éloi-
gnent que lorsque la mer, poussée par les
vents, vient se briser avec fureur sur la tête
de la jetée et lance des gerbes écumeuses qui,
en retombant de plus de trente pieds, ba-
laient la plate-forme où sont posés les bancs.

Au centre de l'arc qui termine cette plate-
forme, on remarque un poteau couvert de
lames de bronze, et une énorme chaîne passée
dans ce poteau. Je cherchai long-temps a
m'expliquer l'usage de ce poteau et de la chaîne ;
mon imagination y voyait déjà quelque machine due à l'esprit inventif du siècle, lorsqu'un des vieux matelots dont je viens de
parler voulut bien me ramener à la réalité :
» Quand la mer est trop grosse, me dit-il, pour
» que la barque des pilotes puisse sortir du port
» et qu'il se présente quelque navire qui ne
» connaît pas l'entrée, le pilote, qui veille sans
» cesse sur la jetée, vient s'attacher à cette chaîne,
» et tenant son porte-voix à la main, il fait au
» navire des signes qui lui indiquent la route
» qu'il doit tenir ; sans cette chaîne on courrait
» risque d'être emporté par la mer. C'est la fa-
» mille Bouzard, dont le nom vous est connu
» sans doute, qui depuis long-temps occupe ce
» poste d'honneur (1) ; au reste, nous sommes

(1) La famille Bouzard s'est illustrée par le dévoue-
ment dont elle a donné des preuves dans plusieurs nau-
frages ; un de ces pilotes mérita de la bouche même de
Louis XVI, le beau nom de *brave homme*.

»toujours là.« A ces mots, il releva un peu son bonnet, et me montra ses compagnons qui discouraient entre eux sur les avantages et les inconvénients des *vapeurs;* c'est ainsi qu'ils nomment les bateaux à vapeur.

Ce n'est point là que je borne ma promenade, il me reste à parcourir une pelouse qui s'étend entre la ville et la grève. Ici sont des corderies où se préparent les cordages des navires, et ces gros cables qui descendent jusqu'au fond de la mer pour y attacher l'ancre de salut; sur la partie qui est plus rapprochée du rivage et qui n'est encore qu'une plage de galet, on construit des vaisseaux de toute grandeur : on achève en ce moment un beau bâtiment de commerce; bientôt, il sera lancé à la mer. C'est un spectacle auquel j'ai quelquefois assisté et que je reverrai avec plaisir : il doit être des plus beaux à Dieppe, vu la position des chantiers qui bordent une étendue de mer des plus vastes. Ce spectacle donne une haute idée du génie de l'homme; cette masse énorme et pourtant élégante formée de toutes pièces apportées des forêts voisines, va par une légère impulsion et par son propre poids se détacher de son *ber*, et, conservant un parfait équilibre, s'élancer dans les flots qu'elle fait reculer devant elle ; mais soudain ces mêmes flots la soulèvent et semblent la carresser : dès-lors le vaisseau a commencé sa dangereuse carrière. L'esprit se prête facilement à ne point regarder un navire comme une masse inerte ; sa destinée se confond avec celle des navigateurs qu'il doit porter. C'est ainsi qu'Horace s'adresse au vaisseau sur lequel Virgile était parti pour Athènes ; c'est ainsi qu'on respecte de vieux navires qui ont été couverts de gloire dans les combats, ou qui ont achevé d'illustres voyages : je citerai au nombre de ces derniers le vaisseau sur lequel Cook fit le tour du monde, et que vous conservez avec vénération. La religion que nous rencontrons par-tout où nous porte le sentiment, vient aussi prêter une partie de son appui aux idées morales que nous accordons à ce chef-d'œuvre de nos mains ; elle bénit le navire et tolère que cette bénédiction soit appelée un baptême. Mais je m'aperçois qu'insensiblement me voilà lancé dans la métaphysique : c'est un océan où les courants conduisent plus loin que je ne dois aller ; aujourd'hui je reste attaché au rivage.

La promenade que je parcours offre à un vieux soldat l'occasion de faire une halte : c'est sur cette pelouse, ou plutôt sur cette esplanade que les troupes de la garnison viennent faire l'exercice. Après m'être remis un peu à l'école avec ces braves, parmi lesquels on voit encore quelques vieux guerriers qui combattirent sur les rives du Nil et du Borysthène, je pousse ma course vers les bains à la lame. C'est un établissement des plus élégants : puisque j'y suis, je me conformerai au précepte qui recommande de ne rien remettre au lendemain ; je vais vous dire quelques mots de ces bains dont la renommée s'est étendue en Angleterre, et dont, à plusieurs reprises, on a parlé chez vous.

Les bains de mer de Dieppe sont depuis long-temps en réputation : je me rappelle que ma mère parlait assez souvent d'un voyage qu'elle y avait fait avec une de ses amies. Les eaux de la mer étaient alors re-

gardées comme un spécifique contre l'hydro-
phobie, et les personnes qui avaient eu le
malheur d'être mordues par un animal atteint ou supposé atteint de cette maladie ac-
couraient bien vîte à Dieppe. J'ai même sou-
venance d'avoir entendu ma mère chanter
quelques couplets d'une petite comédie dont
la scène se passait dans cette ville, et qui
était intitulée *la rage d'amour* (1). Si vous
me demandiez pourquoi Dieppe était alors
comme aujourd'hui préféré à tout autre port
de mer, je vous répondrais que cette pré-
férence tenait et tient encore au voisinage de
Paris, et qu'en outre il est peu de plages
plus favorables pour prendre ces sortes de
bains. On y reçoit les lames qui viennent de
la haute mer sans aucun mélange d'eau douce,
comme cela arrive à l'embouchure de quelques rivières, et sans que des fonds vaseux, sablonneux aient en rien altéré leur limpidité.

Un médecin avec lequel je causais l'autre
jour des bains de mer, m'assura que l'effet

----

(1) Voyez le Mercure de France, Août 1725. *(Note
de l'Éditeur.)*

en était merveilleux sur beaucoup de malades ; que ce moyen thérapeutique, dans un
grand nombre d'applications était encore
nouveau en France, mais que l'opinion des
médecins finirait par se former sur ce mode
curatif; que l'usage des bains de mer ferait
époque dans l'histoire de la médecine, et serait regardé comme un des plus grands bienfaits de la science. Ce n'est donc point,
comme on le pense communément, une affaire de mode que les bains de Dieppe.
L'établissement actuel est des plus commodes
et des plus agréables. Les bains d'eau chaude
sont dans la ville, mais ne sont pas à trois
cents pas des bains à la lame : l'eau qui arrive aux bains chauds vient de la mer, sans
éprouver la moindre altération, à travers des
conduits de bois ; on établit en ce moment
pour rendre la distribution des eaux encore
plus commode une machine hydraulique,
remarquable par sa simplicité. Les bains
d'eau chaude sont comme un grand hôtel où
l'on trouve à la fois les avantages du bain
et un genre de vie fort agréable. Les cabi-
nets pour les bains et les douches sont

éclairés par une douce lumière. Une table de toilette, quelques chaises, une glace, voilà tout l'ameublement, qui dans sa simplicité est d'un bon goût; une grande propreté le rend sur-tout agréable. Les baignoires sont placées au niveau du parquet, et on y descend au moyen de quelques marches : ces baignoires rappellent tout-à-fait celles des anciens, qui, faisant du bain un usage essentiel, avaient adopté cette manière comme la plus commode. Les bains à la lame s'élèvent sur l'extrémité du rivage : le jardin qui les entoure est contigu à une longue lisière de rochers que la mer abandonne dans son reflux : sur l'âpre surface de ces rochers anfractueux s'attachent des productions marines des deux règnes, qui nuancent toute cette plage de vert, de brun et de noir. Les jardiniers des bains ont essayé d'étendre l'empire de Flore jusqu'aux limites de celui des néréides ; mais la déesse ne se plaît point dans le voisinage de Neptune, et ne laisse croître que des fleurs dont le port et la couleur sont pleins de mélancolie.

En face de deux pavillons de l'ordre ionique, on trouve deux pontons en forme d'escaliers qui conduisent aux lames. La rive gauche appartient aux femmes, la droite aux hommes; au centre est un espace assez considérable pourqu'on ne puisse pas se reconnaître d'un côté à l'autre. Au pied des pontons sont des tentes de toile blanche et coutil, dans lesquelles on laisse et reprend ses vêtements. Les hommes y trouvent des caleçons, les femmes d'amples robes de laine brune. On est conduit par des baigneurs-jurés qu'on reconnaît à leur plaque, à leur chapeau sur lequel est une inscription, à leur costume qui annonce des hommes toujours prêts à se jeter à la nage. Lorsque les malades sont impotents, ces guides-baigneurs les portent et les plongent dans les lames. Ce sont aussi ces mêmes guides qui conduisent les femmes; ils vous tiennent par la main, vous dirigent, vous soutiennent et vous aident à faire le saut nécessaire pour que la lame ne vous couvre pas la tête; il est au contraire des occasions où l'on se plonge sous le flot qui vous enveloppe entièrement. J'ai vu de jeunes femmes se réunir, se prendre par la main, et former

des danses rondes au milieu des lames. Les
baigneurs-jurés étaient rangés autour et annonçaient quand un flot plus élevé arrivait
de la haute mer. Soudain la danse cessait,
les femmes couraient chercher la main de
leurs guides, puis retournaient danser. Nous
ne sommes plus au temps où il y avait des
tritons : car ces vieux ministres de l'océan ne
manqueraient pas d'accourir pour regarder
de loin les jeux de ces nymphes qui retrou-
vent ainsi dans cette danse marine la sou-
plesse des membres, la fraîcheur du teint
que le bal de la veille avait un peu al-
térées.

La légéreté des constructions de cet établissement forme un grand contraste avec
les impressions que fait éprouver la vue de
la mer : on se rappelle soudain combien cet
océan qu'on aperçoit à travers les longues
galeries des bains est sujet aux sombres tem-
pêtes ; l'on se demande comment ces galeries
en forme de tentes, ce portique élancé, ces
pavillons qui ne sont appuyés que sur huit
colonnes, peuvent résister à ces ouragans qui
ébranlent les rochers et abattent les falaises :

il semble que l'architecte se soit joué de ces
craintes. Une comparaison s'établit d'ailleurs
entre ces constructions nouvelles et les murs,
les tours du vieux château de Dieppe assis sur
une côte qui domine cette plage ; mais tout en
rendant justice à l'élégance des bains, l'aspect
du vieux château me plaît davantage ; c'est un
vieux guerrier se reposant comme moi, mais
qui au besoin s'armerait pour son pays. Hier,
en me promenant dans le jardin qui entoure les
pavillons dont je viens de parler, j'avais souvent les yeux attachés sur la vieille citadelle :
des nuées orageuses qui, jusque-là, avaient
été cachées par les murs de cette forteresse
s'élevèrent en gagnant vers la mer. Le temps
devint sombre ; les tours du château paru-
rent s'allumer du feu des éclairs et lancer la
foudre : ce spectacle était magnifique ; cependant
il est des occasions où la retraite est comman-
dée, et c'est ce que je fis. Il ne m'était pas
nécessaire d'aller bien loin : j'avais à choisir
sur les lieux mêmes entre un restaurant et
les deux pavillons des bains ; dans l'un de
ces pavillons est un billard, dans l'autre on
trouve les gazettes, des damiers, des échi-

quiers munis de toutes leurs pièces. Tandis
que le tonnerre roulait sur ma tête, que les
échos des falaises y répondaient, je fis ma
partie d'échecs avec un Anglais qui parais-
sait un habitué de ces lieux. L'orage ne fut
pas long, et notre partie se trouvant ter-
minée au moment où cessa la pluie, je gagnai
un peu plus tard que de coutume un lieu
où parviennent des nouvelles de toutes les
parties du globe. On pourrait croire que ce
lieu doit être bien bruyant ; au contraire, il
est des plus paisibles. Tous ceux qui y sont
attirés comme moi ne disent mot ou parlent
bas, et chaque courrier qui arrive s'exprime
dans un langage qui ne parle qu'aux yeux et
à l'esprit. Je vais donc m'asseoir dans un cabinet de lecture où je trouve les journaux
quotidiens français et anglais, des recueils pé-
riodiques, les brochures nouvelles et des ouvrages de bibliothèque. Ce cabinet de lecture
appartient à M. Marais, qui a le titre de libraire de S. A. R. Madame, Duchesse de
Berry : ce jeune homme est actif, et il ne
dépend pas de lui que tous les Dieppois
n'aient une bibliothèque et le goût de l'aug-

menter tous les ans. J'ai vu plus d'un étranger, et sur-tout plus d'un Anglais payer
son tribut d'hommages au magasin du jeune
libraire, et je pense que si M. Dibdin reve-
nait à Dieppe, il pourrait en conscience re-
toucher le passage où il parle de la librairie
de cette ville. Lorsque M. Marais a le temps,
nous causons volontiers : il publie différents
costumes de Dieppe; mais j'ai remarqué par-
ticulièrement celui des anciens pêcheurs Polletais.

Le Pollet est un faubourg de Dieppe, ha-
bité par des pêcheurs; il est séparé de la
ville par *la Dieppe,* qui se forme à une lieue
de là par la réunion de l'Eaulne, de la Béthune et de l'Arques : un pont de pierre
est jeté sur ces trois rivières réunies. Je vous
ai parlé des pêcheurs de Dieppe comme de
marins infatigables et bravant toujours les
flots; ceux du Pollet sont loin de leur rien
céder : ils se donnent volontiers le titre de
loups de mer, c'est-à-dire qu'ils se comparent
à des phoques; je ne leur refuserai point cet
honneur. C'est un pays fort curieux que le
Pollet, bien que les mœurs nouvelles en y

pénétrant altèrent beaucoup l'originalité de ses habitants. Autrefois, les Polletais étaient, à ce qu'il paraît, des personnages fort grotesques ; leur costume était cependant riche et brillant : Une toque de velours noir ornée d'une aigrette de verre filé, une casaque de drap bleu avec un galon bleu clair sur toutes les coutures, cravatte d'où pendaient des glands d'argent, veste à grandes fleurs brodées, culottes infolio également passementées, bas de soie, souliers de drap avec boucles d'argent, tel était ce costume. L'habillement des femmes, quoique riche et singulier, se rapporte plus à des costumes connus. Il existait entre les matelots de Dieppe et ceux du Pollet des dispositions hostiles, comme il y en eut long-temps en Angleterre entre les Normands et les Saxons : il pourrait se faire que cette mésintelligence eut ici, comme de l'autre côté de la Manche, une cause à peu près semblable. Les pêcheurs du Pollet ont aujourd'hui un habillement qui diffère peu de celui des pêcheurs Dieppois : mais avant de quitter tout-à-fait le Pollet d'autrefois, je puis, Milord, satisfaire votre goût pour les poésies locales, en vous envoyant une chanson polletaise qui n'est pas tout-à-fait nouvelle, puisqu'il y est question de capucins : néanmoins, ôtez-en ces bons pères, elle représente ce qui se passe encore aujourd'hui à l'arrivée des bateaux. Je tiens cette chanson de l'éditeur des costumes Polletais, ainsi que les notes explicatives qui y sont jointes. Le poëte s'est placé sur le quai de Dieppe, et à la vue de ce qui se passe sur celui du Pollet, il dit :

(1) O veit du bord de Dieppe

(1) On voit.

(2) Ching o six mêlangueux ;

(2) Cinq ou six bateaux qui reviennent de la pêche du merlan.

(3) Cé fem' et cé fillettes

(3) Ces femmes et ces fillettes.

(4) Chan vonz au-devant d'eux ,

(4) S'en vont.

(5) Priant la bon' maraie

(5) Remerçiant Dieu de la bonne marée.

(6) Que Dieu leuz a baillaie

(6) Leur a donnée.

(7) Ching o six man' à l'hôme ,

(7) Cinq ou six paniers pour chaque homme du bateau.

(8) Qui chan vont démàquai.

(8) Les femmes et les filles vont détacher le poisson des hameçons.

(9) Vos veyez frére Blaise

(9) Vous voyez frère Blaise, père capucin. [Les capucins avaient autrefois, au Pollet, une maison et une chapelle.]

(10) Avec chan cocluçon,

(10) Avec son coqueluchon.

(11) Carecher cé Poltaises

(11) Ces Polletaises.

(12) Pour aveir du peisson ;

(12) Pour avoir du poisson.

(13) Mais moi, ze feis ma ronde

(13) Je fais.

(14) En Poltais racourchi,

(14) Raccourci [pauvre bonhomme].

Et tout au bout du compte

(15) Ze n'ai qu'un mêlan ouit.

(15) Je n'ai qu'un merlan qui n'est pas frais. *Ouit* vient probablement du mot saxon *hvoit*, qui signifie pâle.

(16) A vos zeune fillette

(16) A vous jeune fillette.

(17) Qui veut se mariai,

(17) Se marier.

Quand un Polletais s'embarque

(18) I faut lé vitaillai ;

(18) Il faut l'approvisionner.

(19) Sa bouteille à la caode

(19) Sa bouteille à l'eau-de-vie.

(20) Et pi chan cicotin ;

(20) Et puis son tabac à chiquer.

(21) Sa fricassé tout' caode,

(21) Sa fricassée toute chaude.

(22) Et pi chan bout d'boudin.

(22) Et puis son bout de boudin.

Je vous ai peint les matelots de Dieppe et

du Pollet comme des hommes d'une grande
simplicité ; mais faites-les passer jeunes encore
sur des navires de guerre ou de commerce,
vous aurez d'excellents marins ; l'éducation
en fera des capitaines du plus haut mérite.
Dieppe compte, parmi ses enfants, des navigateurs qui ont fait d'importantes découvertes
et qui ont été des hommes de guerre redou-
tables. Au milieu d'eux s'éleva Abraham Duquesne, qui acquit une grande réputation à la
marine de Louis XIV, foudroya d'une main
les remparts d'Alger, et de l'autre abattit le
fameux Ruyter. M. Marais, dont je viens de
vous parler, exécute en ce moment une entreprise digne d'un libraire de Dieppe ; il va
faire paraître une superbe lithographie représentant en pied Abraham Duquesne, d'après
la statue en marbre qui est au Louvre, et qui
est due au ciseau de Monnot. Milord, je vous
enverrai cette lithographie ; vous la placerez
dans votre cabinet : votre esprit est supérieur
à ces rivalités qui ont souvent allumé la guerre
entre nos deux nations ; on peut dire de vous
que vous avez entièrement dépouillé le vieil
homme ; vous avez été un des premiers à

adopter ces idées grandes et généreuses qui semblent promettre aux différents peuples de la terre des jours de paix et de bonheur ; vous aurez chez vous l'image d'un grand homme de ma patrie.

Mais quittons le cabinet de lecture, car, à la fin, un amateur à jeun

Goûte peu d'Hélicon les douces promenades.

C'est vous dire assez qu'après ce petit voyage, je fais un sacrifice à *Messer Gaster* ; puis quand la *commune et le sénat*, pour dire comme La Fontaine, sont remis en bonne harmonie, je prends un livre, je lis ou je regarde à la fenêtre tant que le soleil reste dans les régions élevées. Mais lorsqu'il vient à baisser et que les zéphyrs marins commencent à rafraîchir la contrée, je commence une courte promenade que je dirige, suivant le degré de fraîcheur qui succède aux chaleurs de la journée, tantôt vers les beaux villages dont je vous ai parlé, tantôt sur le cours Bourbon, jolie avenue plantée de jeunes maronniers et de peupliers de Virginie. A droite et à gauche coulent deux canaux d'eau douce qui ont permis de border

le cours de haies d'osier qui forment çà et là
des touffes dont la feuillée se marie avec celle
des autres arbres, et donne au coup-d'œil de
cette promenade, cette teinte de verdure qui
rend les vallées si agréables. De l'extrémité de
cette promenade on découvre tout le développ-
pement du large bassin de la vallée d'Arques,
les collines boisées qui le couronnent, et le
champ de bataille où Henri IV défit Mayenne.
Je puis encore aller jouir de la brise du soir
sur la terrasse du jardin des bains à la lame ;
il s'y réunit d'ordinaire une brillante société.
Des rangs de nombreuses chaises qu'occupent
nonchalamment des groupes de causeurs,
laissent au milieu une allée dans laquelle vont
et reviennent des promeneurs dont la mise est
très-soignée : j'entendais dire l'autre jour, à
un étranger, que cette terrasse était le bou-
levart de Gand ou le jardin des Tuileries au
bord de la mer, et qu'au lieu du bruit de
Paris, on y entendait celui des vagues. A
chaque lame qui arrive de la haute mer au pied
de la terrasse, on sent comme un bain de fraîcheur qui se répand sur vous ; l'œil se repose
agréablement sur la mer qui conserve encore

quelque chose de la lucidité du jour; sur ces eaux à demi-brillantes flottent mollement des barques de pêcheurs d'où l'on entend souvent arriver des chants; en prêtant l'oreille, on reconnaît le chant de la prière du soir. C'est un beau temple pour prier, que celui où l'on est à genoux sur l'océan et dont la voute qui conserve encore la trace lumineuse du passage du soleil, va révéler toute son immensité à travers la douce clarté des étoiles.

Il est un lieu voisin de Dieppe où j'aime à me rendre vers la fin du jour. On trouve dans ce lieu qu'on appelle *Caudecôte*, et qui est placé sur une des falaises les plus élevées, un petit village, une vieille chapelle posée au bord même de la falaise, et dans le pâtis qui entoure cette chapelle, quelques vieilles ruines à fleur de terre. J'y vais toujours muni de l'excellente lunette que vous m'avez donnée; de ce lieu on découvre un horison immense; je tiens même d'un homme véridique que de ce point élevé on entrevoit quelquefois l'image des côtes d'Angleterre; je dis l'image, vous savez pourquoi; je vous ai souvent entendu parler d'un pareil phénomène que vous avez

observé dans les pays chauds, et je vous ai
entendu l'expliquer au moyen des lois de la
physique. Ce que je vous dis ne vous sur-
prendra pas, si vous vous rappelez que d'Has-
tings, on a vu par les mêmes causes des bateaux entrer dans les jetées de Dieppe. Je
choisis la fin du jour pour monter à Caudecôte,
parce que j'y contemple dans toute son étendue le spectacle magnifique que présente le
soleil se couchant dans la mer. Je jouis à la
fois des derniers effets du jour sur les côtes
de l'intérieur, sur les falaises, sur la plage,
sur les flots auxquels le soleil semble prêter
son éclat. Jusqu'à présent je n'ai vu que le
couchant d'un beau jour, mais j'irai quand le
temps sera orageux ; Milord, cette vue ne me
causera point de trouble ; je suis il est vrai
au déclin de mes ans, je touche à mon couchant ; mais la fin de l'homme est préparée
par la manière dont il a vécu ; j'ai traversé,
sans doute, une vie bien orageuse ; mais,
Dieu merci, ma conscience a toujours été
calme.

Voici, mon ami, une bien longue lettre ;
je vous ai beaucoup entretenu des lieux où je

suis, parce que c'est une manière de vous parler de moi.

Au revoir, j'attends de vos nouvelles, et suis tout à vous,

Le Vicomte de ***.

TROISIÈME LETTRE.

Dieppe, ce 20 Juillet 1826.

Milord,

J'ai été long-temps à lire votre lettre, car e l'ai relue trois fois. Je pense qu'il est su-)erflu de vous retracer le plaisir qu'elle m'a :ausé : l'amitié est une sympathie, et l'ami [ui écrit sait d'avance ce que produira sa lettre. Comment pourrais-je employer les expressions l'un langage vulgaire à vous décrire ce que 'ous a prédit votre cœur? Ah, gardons-nous le vouloir traduire par des paroles ce qui 'est que de sentiment : il faudrait alors savoir parler la langue des anges et non celle de nos dictionnaires.

Puisque le parti que j'ai pris de ne pas vous entretenir de moi seul, mais de tout ce qui m'entoure, vous plaît; puisque c'est un moyen, dites-vous, de refaire ensemble mes promenades, je vais continuer à vous parler de Dieppe et de ses environs. Mais, Milord, j'introduirai sans façon dans notre société un de mes vieux amis que mon heureuse destinée m'a fait rencontrer. Mon ami Valmont est d'ailleurs assez versé dans l'étude de l'histoire, et sur-tout de l'histoire de Normandie; il pourra vous donner sur le pays qui vous plaît, parce que j'y suis, des renseignements qui vous offriront un autre genre d'intérêt en fixant votre attention sur des objets qui se rapportent à vos goûts.

J'étais allé, la semaine dernière, suivre, en véritable désœuvré, un chemin sablonneux qu'on trouve dans la vallée au sortir du Pollet. Ce chemin borde un vaste bassin où l'on retient dans les grandes mers, l'eau nécessaire au jeu des écluses de chasse; cette eau en se précipitant enlève le galet qui menace sans cesse d'obstruer l'entrée du port (1). La route que je suivais était assez solitaire ; quelques matelots qui venaient d'une guinguette voisine où ils avaient fait sans doute, avec le jus de a pomme, des libations au Bacchus normand ; plusieurs pauvres femmes courbées sous le poids de ramées, rassemblées probablement lans la forêt d'Arques, telles étaient les personnes qui s'étaient seulement offertes à ma vue, lorsqu'après avoir dépassé une pointe de erre qui masquait le reste du chemin, je vis un vieillard de bonne mine occupé avec sa anne à détacher quelques objets engagés dans une haute terrasse formée par la base du côeau qui domine la vallée. Une femme appuyée ur une bêche le regardait ; en approchant, je econnus que les deux personnages converaient, et ces paroles parvinrent jusqu'à moi :

---

(1) C'est dans le bassin ou retenue, dont il est ici question, que sont placés les parcs d'huîtres vertes. L'exportation de ces huîtres dans l'intérieur, et sur-tout Paris, forme une branche de commerce assez lucraive : il s'en fait aussi une grande consommation à Dieppe.

Madame, vous devez rencontrer souvent, en fouillant dans votre jardin, des morceaux de poterie rouge comme celle-ci; auriez-vous trouvé quelquefois un vase entier de cette espèce? — Monsieur, nous ne nous occupons guère de cela; nos légumes, voilà tout ce qui nous intéresse. — C'est que je sais, madame, que cette terre est féconde.... — Ah! monsieur, c'est en nous donnant du mal; nous fumons bien, nous ne laissons guère de repos à la terre; mais il faut cela, les loyers sont si chers! — Vous ne découvrez jamais de pièces de monnaie dans votre terrain? — Si fait, monsieur, quelquefois; mais c'est si vieux que personne ne veut de ces reliques; ça vient du temps de la république, et nous n'y faisons aucune attention. — Vous avez tort, madame; si vous en aviez à votre disposition, je les examinerais. Ce petit colloque m'avait suffi pour me rappeler un son de voix qui ne m'était pas étranger, et en considérant d'un peu plus près le vieillard, je reconnus mon ancien ami Valmont. Je lui retrouvais d'ailleurs des goûts qui l'avaient autrefois captivé; Valmont était toujours antiquaire.

Je n'ai pas besoin de vóus dire, Milord, combien nous fûmes joyeux de nous retrouver.
Valmont avait entendu dire que j'étais mort
dans l'Inde; jugez de sa surprise ! Il fut mon
camarade de collége, plus tard un ami véritable dont je m'éloignai trop au milieu des
llusions de la jeunesse et des chagrins qui
vinrent ensuite. Placé à une grande distance
de lui, j'avais négligé de lui écrire; mais
Valmont n'en a point pris occasion de me
faire des reproches; il m'a seulement mani-
festé combien il se trouvait heureux de me
revoir. Nous continuâmes notre promenade
en tournant sur la droite; nous revînmes par
le cours appelé *le canal*, et qui est parallèle
au cours Bourbon dont je vous ai parlé dans
ma précédente. Je racontai mon histoire;
Valmont, à son tour, m'apprit comment il
avait échappé aux tourmentes de la révolution; la nuit survint, et nous nous quittâmes
avec promesse de nous revoir le lendemain
de bonne heure.

»Hier, lorsque nous avons eu le bonheur
»de nous retrouver, me dit mon vieil ami,
»j'explorais un lieu qui conserve de nombreux

» vestiges de l'occupation romaine ou gallo-
» romaine. Toute la base de ce côteau, au-
» dessous du village de Neuville, est semée de
» débris de tuiles et de vases antiques, enve-
» loppés dans une couche de cendre et de char-
» bon, qu'on remarque à des hauteurs inégales
» dans l'espèce de terrasse qui règne tout le
» long du chemin. J'ai vu des médailles qui
» furent trouvées dans quelques éboulements de
» cette terrasse, ainsi que de beaux fragments de
» vases couverts de figures en relief, représen-
» tant des funambules, des animaux et des
» feuillages consacrés. Je cherchais à glaner
» dans ces champs qui me paraissent féconds ;
» mais je ne m'attendais guères à une autre
» rencontre, qui devait me causer un plaisir
» tel qu'on en goûte peu dans la vie ; je veux
» parler, Vicomte, de notre réunion après
» une séparation aussi longue. «

» Vous savez, ajouta-t-il, que je suis venu
» à Dieppe pour m'occuper des lieux et des
» monuments qui se rattachent à mes études.
» J'ai le projet de me rendre, ce matin, à une
» demi-lieue d'ici ; je veux voir de mes yeux
» *la Cité de Limes*, qu'on appelle plus ordi-

nairement *le Camp de César;* vous sentez-
vous des dispositions à être de la partie? la
route est un peu rude, m'a-t-on dit, mais
vous n'êtes pas encore tout-à-fait un inva-
lide; qu'en dites-vous, mon vieil ami?«

Milord, nous partons pour le camp de
César; j'interromps ma lettre, et la continuerai
mon retour.

Nous traversâmes les quais du Pollet : la
marée était haute et nous fûmes témoins de
activité qui règne dans ces quartiers lorsque
es bâteaux reviennent avec une pêche abon-
ante. Nous rencontrâmes une file sans ordre
e femmes de tout âge : les unes portaient
deux des paniers où l'on voyait briller
émail d'argent et d'azur du maquereau frais;
n autre panier offrait les contrastes de la
ouleur rembrunie des gros crabes; le ho-
ard placé fraîchement sous une couverture
e fucus laissait entrevoir ses longues an-
ennes et son corselet fond bleu. Ces por-
euses étaient traversées dans leur course par
autres femmes se hâtant sous le faix d'une
otte chargée d'une ou de deux énormes
aies, ou d'un gros congre replié sur lui-

même et montrant son dos gluant. Le tur-
bot, les soles, et d'autres poissons de toute
grandeur passaient sous nos yeux, et
nous rappelaient les tables délicates qu'on
trouvait autrefois chez certaines communau-
tés religieuses. Il n'en était pas ainsi à la
vue des paniers remplis de chiens de mer,
ce terrible ennemi des poissons et du filet
des pêcheurs : ces derniers ne sont apportés
que parce qu'on retire de l'huile de leur
foie. En approchant du lieu où abordent les
bâteaux, l'activité n'était pas moindre ; les
hommes et les femmes se partageaient le travail. Je fis remarquer à Valmont ce que j'a-
vais souvent aperçu sur le quai des pêcheurs
de Dieppe, que ces bons matelots font l'au-
mône d'une manière qui en vaut bien une
autre ; lorsqu'ils débarquent le poisson, on
voit se mêler parmi eux des vieillards indi-
gents et de pauvres enfants : alors il arrive
toujours que des poissons tombent des paniers ; les pêcheurs et leur famille le savent
bien, mais ils ne le voient pas pour laisser
les malheureux qui les entourent se hâter de
les ramasser. Nous quittâmes ces braves gens

n leur souhaitant encore une bonne pêche,
t nous gravîmes sur une côte d'où l'on do-
iine tout le port de Dieppe. Cette vue est
ès-belle, et je me rappelle à présent qu'elle
exercé le crayon de plus d'un artiste. Ce fut
ur cette falaise que se posta Talbot, lorsque
ans le quinzième siècle il fit le siége de
ieppe; mais ne vous en déplaise, Milord,
s troupes de Talbot finirent par être bat-
ies à plate couture par les Dieppois et leur
rave commandant Charles Desmarets. Tou-
:fois, il est juste de dire que le Dauphin,
epuis Louis XI, vint au secours de la place
rec seize cents hommes, et qu'il était ac-
ompagné des Dunois, des Saint-Paul, des
ommercy, des Gaucourt, des Laval, des
hâtillon. Cette côte, qui fut témoin de la
aleur de tant de preux, porte encore le nom
e *la Bastille*, parce que Talbot y avait fait
,ever un ouvrage en bois tel qu'on en
laçait alors devant les places assiégées, et
ue l'on appelait ces forts des *Bastilles*. On
oit sur cette hauteur quelques ruines, restes
'une ancienne forteresse qui avait été cons-
'uite long-temps après le siége dont il vient

d'être question, pour couvrir la ville de ce côté. De ce point élevé nous entendîmes des cris ; mais ce n'étaient plus des cris de combat ; ceux qui frappèrent notre oreille partaient des bâteaux de pêche qui remettaient à la voile.

Nous fûmes bientôt sur l'ancien chemin de Dieppe à Eu : nous nous trouvâmes au milieu d'un cortége de femmes montées sur des chevaux et des ânes ; toutes ces paysannes revenaient de la ville, où elles avaient apporté des légumes et du lait. La route n'était pas silencieuse, et peut être qu'en prêtant attention nous eussions entendu conter les mésaventures de quelque nouvelle *Perrette*. Nous aperçûmes le sentier qui est à gauche et qu'on nous avait indiqué : nous vîmes à l'embranchement des deux chemins un homme à cheveux blancs et vêtu de toile qui était dans l'attitude de quelqu'un qui prie ; aucun objet de culte ne frappait cependant nos regards : nous demandâmes ce qui pouvait engager ce vieillard à prier à cette place, et nous apprîmes qu'une croix s'élevait autrefois en ce lieu. Les vêtements de cet

ɔmme , malgré leur propreté , annonçaient
ndigence ; mais ce pauvre villageois cachait
ʋus sa poitrine un cœur religieux , trésor
ɩe pourraient envier bien des riches.

Le sentier que nous suivîmes se dirige vers
 bord de la côte : nous découvrions la
eine mer, et à notre droite les hauts rem-
ırts de la Cité de Limes. On gagne en des-
ndant un corps-de-garde occupé par des
ɔuaniers ; puis après avoir franchi un ɩa-
n profond, on gravit la côte où se trou-
ɩt le terme de notre voyage.

Valmont me disait en grimpant : »C'était
aire peu d'attention à la manière dont on
aisait la guerre dans le quinzième siècle,
ɩue d'attribuer à Talbot l'établissement mi-
itaire auquel nous arrivons : on ne faisait
ɩoint alors de pareils camps retranchés ;
ependant, l'opinion la plus généralement
épandue est celle qui veut que Talbot ait
etiré ici ses troupes durant l'hiver ; mais
lle est insoutenable au seul aspect du mo-
ɩument. «

Tout en causant, nous arrivâmes à une
trée qui nous donna accès dans cette an-

tique place forte : bientôt nous fûmes dans une position d'où l'on apercevait à peu près toute l'enceinte. Mon premier mouvement fut de me récrier sur sa vaste étendue : »Il »parait cependant certain, me dit Valmont, »que cette enceinte a beaucoup perdu par »la destruction des falaises sur lesquelles elle »était en partie assise. Mais voici la chaîne de »*tumuli* qui m'a été indiquée; voilà ceux qui »ont été fouillés. Nous sommes donc en pré- »sence des modestes pyramides des peuples »du Nord; je reconnais la vérité de ce pas- »sage de Tacite : *un simple tertre de gazon* »*marque le lieu du tombeau; quant à tous* »*les honneurs des mausolées construits à* »*grands frais, ils les dédaignent comme pe-* »*sant aux morts.* Maintenant, mon cher Vi- »comte, que je vois que sans avoir été pré- »venu en rien, la vue de ces *tumuli* vous »étonne, que cette enceinte, sa vaste éten- »due, ses hauts remparts excitent votre in- »térêt à un haut degré, je vous dirai que »plus de dix-huit siècles ont passé sur ces »sépultures et sur l'*oppidum* dont les rem- »parts nous entourent en ce moment. Je

»suis venu ici avec une connaissance exacte »de tout ce que les fouilles que l'on a faites »dans ce monument, depuis près de deux »ans, ont révélé ; je suis venu rendre hom- »mage au plus ancien établissement antique »que possède la Normandie. Cet *oppidum* »était un lieu de refuge pour les Belges de »cette côte, lorsqu'ils étaient obligés d'a- »bandonner, avec femmes et enfants, leurs »foyers domestiques, devant un ennemi ve- »nant de l'intérieur. Vous savez que les peu- »plades de la Gaule se faisaient entr'elles des »guerres cruelles ; vous n'ignorez pas que les »Belges étaient dans un état continuel d'hos- »tilité avec les Germains, et que des bords »du Rhin pour arriver aux lieux où nous »sommes, on compte peu de journées de »marche. Cette gorge que vous voyez renfer- »mée dans l'enceinte descendait alors jus- »que sur le rivage ; elle pouvait mettre à »l'abri un grand nombre de barques aussi »légères et aussi portatives que l'étaient celles »des Belges. Cette position avait donc cet »avantage que si la peuplade à qui cet *op-* »*pidum* appartenait était forcée dans ce lieu

3

»de refuge, il lui était facile de s'embarquer
»sur ses canots et de gagner une côte où elle
»savait devoir être bien accueillie. Rien ne
»s'oppose à croire qu'elle pouvait passer en
»Angleterre dont le rivage était peuplé de
»Belges qui s'y étaient établis, et qui conser-
»vaient des liaisons intimes avec ceux de la
»Gaule. Il serait difficile de dire si, outre
»la population qui était poussée dans cette
»enceinte par la guerre, la Cité de Limes
»avait des habitants sédentaires : les demeures
»ordinaires des Belges, ainsi que celles de
»beaucoup d'autres Gaulois, n'étaient cons-
»truites que de matériaux peu propres à ré-
»sister aux effets du temps; il est donc pro-
»bable qu'on chercherait en vain à recon-
»naître des vestiges de semblables habitations,
»qui d'ailleurs pouvaient être dans la partie
»de la gorge que la mer a détruite. Mais on
»retrouve les traces des habitations tem-
»poraires où se logeait la population venue
»du dehors.« En disant ces mots, Valmont
me conduisit près de grandes fosses de forme
conique tapissées de gazon qui sont au pied
du rempart, et me fit remarquer dans ces

fosses de faibles cavités oblongues. »Je vous
»en ferai voir un grand nombre, me dit-il,
»répandues çà et là dans diverses parties de
»la Cité de Limes, mais sur-tout dans les
»lieux qui ne sont point en plaine, et no-
»tamment dans le vaste fossé intérieur qui
»accompagne le rempart. Une de ces cavités
»ayant vingt-sept pieds de long sur sept de
»large a été fouillée, et à six pieds de pro-
»fondeur on a reconnu tous les caractères
»de l'habitation de gens aussi sauvages, je le
»dirai volontiers, que l'étaient les Belges.
»Une grande quantité d'os de porc, de che-
»vreuil, de cerf, se trouvaient pêle-mêle sur
»l'aire de cette demeure, avec des coquilles de
»moules et de nombreux fragments de vases
»que l'on reconnaît pour être de fabrique
»gauloise. Ces sortes de demeures devaient
»cependant être commodes pour des habitants
»peu délicats : c'étaient des caves fraîches en
»été, c'étaient de chaudes retraites en hiver.«

Nous suivîmes le fossé intérieur qui borde
le rempart, et nous vîmes en effet un nombre
considérable de vestiges de ces sortes de demeures. Les remparts suivent, dans la partie

où nous marchions, la crête d'un vallon au fond duquel est le village du pays. L'escarpement seul de la côte qui se trouve au-dessous du rempart eut été un obstacle assez fort sans la défense artificielle; mais cette précaution et cette attention à suivre constamment le sommet et les contours des hauteurs escarpées me rappelèrent une fortification gauloise que j'ai vue autrefois dans les environs de Strasbourg, et qui est connue dans le pays sous le nom de *mur payen*. Les remparts de la Cité de Limes paraissent au premier coup-d'œil formés de terre; cependant on soupçonne qu'il y est entré des blocs de craie : on est du moins porté à le croire en examinant les éboulements qui ont eu lieu çà et là. La craie est la seule matière qui dans ce pays puisse remplacer la pierre qui s'y trouve rarement sous un volume un peu considérable. Mais cette substance calcaire est très-susceptible de s'altérer sous les injures de l'air; les blocs employés dans la construction du rempart se seront exfoliés; d'un autre côté, comme il devait se trouver, entre les assises de craie, des couches de terre et peut-être, ainsi que dans d'autres cons-

tructions gauloises, des madriers qui seront
tombés en décomposition, la terre végétale
se sera formée; des graminées se seront empa-
rées de ces murs affaissés en talus et en auront
caché les ruines sous leur verdoyant tapis.
Par-tout la nature, comme pour nous montrer que ses œuvres seules appartiennent ici
bas à l'ordre impérissable, s'empare de nos
monuments tombés en destruction, et les
fait disparaître sous ses productions toujours
propres au site où elle reprend ses droits.
Les remparts de la Cité de Limes sans cesse
battus des vents de mer n'offrent à la vue que
différents gramens et des touffes de chardon-
roland. L'enceinte n'a aucune forme précise;
ce qui éloigne toute comparaison avec un
camp romain : car, bien que les Romains ne se
soient pas constamment astreints pour leurs
camps à la forme d'un parallélogramme,
ainsi que l'ont pensé quelques antiquaires,
ils campaient toujours selon des lois de dis-
cipline qu'il eut été impossible de garder sur
un terrain aussi coupé, aussi défectueux que
celui de la Cité de Limes. Les remparts de
cette forteresse offrent d'ailleurs une dif-

férence frappante avec ceux des camps romains. La défense du camp romain consistait
moins dans la hauteur du rempart ou *vallum* que dans la profondeur du fossé ; et
l'on remarque ici tout le contraire.

Telles étaient les observations que me faisait Valmont, en me conduisant vers l'autre
extrémité de l'enceinte qui fait front au terre-
plein de la montagne sur l'extrémité de laquelle la Cité de Limes s'élève. Ce côté
étant d'un accès plus facile, le *vallum*, ou
le mur, comme disent les gens du pays, qui
ne donnent point d'autre nom aux remparts
de l'*oppidum*, reçut une plus grande hauteur : il nous parut avoir plus de quarante
pieds perpendiculaires au-dessus du fossé, qui
est d'ailleurs peu profond. Nous passâmes près
d'une large ouverture qu'accompagnent à l'intérieur deux rampes qui descendent du rempart.
Tout auprès, nous vîmes l'origine d'une gorge
qui partage en deux la Cité de Limes : c'est cette
gorge dont j'ai déjà parlé qui communiquait
au rivage il y a mille ans à peu près ; c'est
du moins ce qu'on est assez fondé à croire
d'après un calcul établi d'une part sur l'in-

clinaison du terrain, et de l'autre sur la
destruction des falaises, destruction dont la
proportion est connue.

»Je vous retiens un peu de temps, me
»dit Valmont, sur cette terre antique, parce
»que, si je ne me trompe, elle est digne de
»tout notre intérêt. Nous sommes ici dans cette
»vieille Gaule dont l'histoire nous est presque
»inconnue; car il semble que les historiens
»de l'antiquité n'aient jamais osé pénétrer
»dans les sombres mystères de cette histoire
»qui paraît se rattacher aux mœurs, aux
»coutumes religieuses des premiers enfants
»de la terre. Hé bien, nous avons sous les
»yeux un monument élevé par les Gaulois;
»son sol renferme sans doute de nombreux
»indices qui nous conduiraient à des décou-
»vertes dans l'héritage historique que nous
»ont laissé ces premiers habitants de notre
»patrie, puisque, d'après la volonté des dieux,
»c'est dans les entrailles de la terre qu'il faut
»chercher les vestiges des siècles passés. Mais
»venez contempler avec moi ce qui reste dans
»ces lieux de la domination romaine; car
»cette enceinte renferme aussi des traces non

»équivoques de la période romaine ou gallo-
»romaine : on les trouve dans cette partie
»qui est séparée du reste de l'*oppidum* par
»cette gorge que nous franchissons à son ori-
»gine : cette partie, ainsi que vous pouvez
»le remarquer, est plus élevée que l'autre.«

　»Ces champs qui sont cultivés aujourd'hui,
»laissent entrevoir, après la moisson, lors-
»que la charrue remue le sol, une assez grande
»quantité de débris de tuiles romaines et de
»poterie également de fabrique romaine; mais
»allons sur la lisière de la falaise : comme elle
»reste inculte, on a pu y pratiquer des fouilles
»qui sont à peine achevées. Les premières ex-
»plorations que l'on avait faites dans la Cité
»de Limes, avaient appris qu'il fallait recon-
»naître dans cet établissement deux époques
»bien distinctes; l'une appartenant exclusive-
»ment aux Gaulois, l'autre aux Romains ou
»aux Gallo-Romains. On savait pour quel
»usage les Gaulois, c'est-à-dire les Belges-
»Gaulois, avaient par d'énormes travaux dé-
»fendu cette position déjà forte par elle-même;
»il était important d'étudier de quelle nature
»avait été l'occupation romaine. Monsieur le

»baron de Vieil-Castel, appelé à la sous-préfec-
»ture de Dieppe, monsieur Sollicoffre, alors
»inspecteur des douanes dans la même ville, se
»mirent à la tête d'une souscription qui fut
»remplie par plusieurs administrateurs et ha-
»bitants de Dieppe et de l'arrondissement ; on
»se mit à explorer les ruines que nous avons
»maintenant sous les yeux. Vous voyez les
»bases d'un petit édifice à peu près quarré,
»qui était, comme vous l'indiquent ces restes
»de murs, entouré d'une galerie de même
»forme. Vous remarquerez que l'édifice est
»dirigé dans sa longueur de l'ouest à l'est ;
»sur cette façade de l'est vous trouvez des
»fondations qui indiquent une petite cons-
»truction attenante au bâtiment principal.
»Malheureusement, tout l'édifice fut détruit
»à fleur de terre, et l'on ne peut distinguer
»de quel côté étaient les entrées, ce qui eut
»donné quelques renseignements sur sa desti
»nation. On pourrait admettre que ce petit
»édifice fut un poste militaire placé sur cette
»position élevée pour surveiller la côte ; mais
»la plus grande partie des objets trouvés dans
»la fouille, indiqueraient plutôt un monu-

3.

»ment religieux. Des fragments d'urnes, des
»ornements de femmes, des ossements appar-
»tenant à des individus de différents âges,
»portent à croire que ce monument est un
»tombeau, et que cette partie de l'enceinte
»fut consacrée à des sépultures romaines ou
»gallo-romaines, tandis que l'autre l'eût été
»aux funérailles des Gaulois. On trouva,
»dans le quarré intérieur, un squelette en-
»tier, sous un des fémurs une médaille de
»Constantin le jeune, et près de la tête une
»autre de Constans son frère. Ce squelette
»avait la tête au couchant et les pieds à l'orient;
»mais le mort avait été déposé dans ce lieu
»après la ruine de l'édifice; car sa tête était
»enchâssée dans une entaille faite dans l'épais-
»seur de la fondation. Lorsqu'on enleva les
»terres qui recouvraient les murs, on recueil-
»lit un assez grand nombre de médailles du
»Bas-Empire; mais, lorsqu'on parvint dans
»les terrains inférieurs, on ne rencontra plus
»que des médailles du Haut-Empire et des
»médailles celtiques : on trouva même des
»Tibères, un Claude et une médaille celtique
»sous la première assise du mur. On serait

»tenté de voir ici les ruines d'une chapelle,
»d'un *sacellum*, qui fut détruit au temps des
»édits de Constantin; les dépouilles des morts
»qu'on y a trouvées peuvent provenir de
»païens qui auront voulu que leurs cendres
»reposassent dans un lieu qui avait été consacré
»à l'une de leurs divinités; c'est ce qu'indi-
»querait du moins la présence du squelette
»qui était placé de manière à prouver que le
»défunt fut inhumé après la ruine de l'édifice.
»Maintenant que les fouilles ont procuré ce
»qu'on peut appeler des faits; il reste à con-
»sulter le vaste recueil des antiquités romaines
»pour établir des rapprochements avec des
»monuments dont la destination est bien con-
»nue. Je ne vous donnerai point une nomen-
»clature de tous les objets trouvés ici; il me
»suffira de vous dire que les différentes fouilles
»pratiquées dans la Cité de Limes, ont offert
»des haches de pierre, dont la matière est le
»silex de nos côtes, un grand nombre de
»fragments de poterie gauloise, une collec-
»tion de médailles celtiques, des médailles du
»Haut et du Bas-Empire : ces dernières arri-
»vent jusqu'à Valentinien.«

Nous nous éloignâmes de ces ruines qui sont à deux cent-sept pieds au-dessus du niveau de la mer; nous descendîmes dans la gorge, et nous nous trouvâmes à son ouverture qui ne communique plus avec le rivage, mais qui présente au contraire un précipice de quatre-vingts pieds. De l'ouverture de cette gorge, où l'on jouit d'une grande solitude, et où l'on n'entend que le bruit des vagues et le cri de quelques oiseaux de mer, on découvre le rivage jusqu'à Dieppe, la longue jetée de cette ville, et plus loin, une côte qui s'avance comme un promontoire. Ce point de vue offrirait à un peintre le sujet d'un magnifique tableau : Valmont prétend qu'il se trouve dans celui où Girodet a peint Didon écoutant le récit des infortunes d'Énée.

Nous sortîmes de l'enceinte ; nous avions été plus d'une heure à en faire le tour. Nous venions de visiter un monument qui nous avait rappelé, d'une manière frappante, des nations qui ont disparu dans le torrent des âges. Il s'agissait maintenant de revenir chez les modernes ; il nous fallait regagner la ville : nous reprîmes le chemin que nous avions suivi le matin.

Le rivage n'offrait plus le même coup-d'œil ;
la mer s'était retirée et laissait à découvert
une large bande de rochers. Des troupes
d'hommes, de femmes et d'enfants étaient
descendues pour recueillir les productions du
rivage, telles que la moule, le vignot, la
crevette et le barbot dont la cuirasse et la
lance dentelée qui le couvrent ne l'empêcheront
point d'aller figurer au marché et sur la table
des gourmets. Nous vîmes très-distinctement
les parcs ou *gords* en forme de cœur, avec
leur longue avenue de filet qui part du pied
du rivage, et conduit le poisson dans le piége
que lui tend l'habitant des côtes. Nous fîmes
route avec une nombreuse escouade d'hommes
qui avaient un véritable uniforme ; leurs habits et leurs chapeaux étaient également en-
croûtés de craie ; ils portaient tous derrière le
dos un petit panier, et sur l'épaule un pic
dont la pointe est faite comme la patte d'une
ancre de navire. Ces hommes sont des *pito-
tiers* qui vont fendre les rochers de craie que
la mer découvre à son reflux, pour y attra-
per des *pholades*, appât friand que les pêcheurs attachent au bout de leurs hameçons.

Nous remarquâmes aussi des gens occupés à former, sur le galet, des tas de *fucus ;* nous apprîmes que ces monceaux de varech étaient destinés à être brûlés pour en tirer de la soude, et que dans la saison où l'on fume les jardins, on s'en sert pour engraisser la terre. On ne saurait croire quelle activité présente le rivage, durant le temps qui s'écoule entre deux marées : on déploie alors au milieu de ces champs qui appartiennent tantôt aux hommes, tantôt à Neptune, autant d'empressement que dans les plaines de Cérès aux époques de la moisson et de la chasse.

Le soleil lançait sur nous ses rayons dans toute leur force ; mais nous étions rafraîchis par un petit vent de mer, et nous franchîmes assez rapidement la plaine qui se trouve entre le vallon qui règne au pied de la Cité de Limes et le Pollet.

Au moment où nous descendions sur le premier quai, un objet porté par des hommes fixa nos regards, d'autant plus que nous remarquâmes qu'il se faisait à l'entour un concours de spectateurs, et que les nombreux enfants qui sont répandus sur les quais et dans les bateaux de pêche restés dans le port, cessaient leurs jeux. Nous nous avançâmes à notre tour pour connaître quel pouvait être ce fardeau; nous aperçumes le corps d'un matelot qui venait d'être trouvé sur le rivage. Les hommes qui étaient chargés de ces restes inanimés marchaient en silence; leur figure basanée annonçait le recueillement, mais aussi une philosophie religieuse; ils répondirent à quelques personnes qui les interrogèrent : Il n'est pas d'ici. Tout-à-coup, des femmes qui étaient occupées çà et là à préparer des hameçons, et à faire des filets, s'élancèrent de leurs siéges, accoururent vers le cortège avec un air d'effroi, et en s'écriant : Qui est-ce donc; est-ce de nos gens? C'est un étranger, répondait-on. L'affluence des questionneurs augmentait sans cesse; mais lorsque ceux qui portaient le mort vinrent à passer devant un calvaire qui s'élève sur le quai, il se fit un profond silence, et un grand nombre de femmes se mirent à genoux devant le crucifix. La présence de ce mort, l'impression qu'elle produisait sur ces femmes, dont les maris sont chaque jour exposés à la fureur des flots,

la pitié pour le défunt, la crainte pour les
absents, précipitant une population entière
au pied du calvaire, tout remuait fortement
l'âme, et présentait un spectacle religieux
mais sombre ; il était bien différent de celui
qui avait amusé nos regards le matin : nous
nous hâtâmes de gagner la ville.

Valmont m'avait fait passer une partie de
la journée dans un des domaines de l'antiquité ; il me prit envie de le conduire à mon
tour en des lieux où se fait sentir toute l'influence du présent. Il est à Dieppe un quartier qui subit une grande métamorphose ; c'était
un assemblage de vieilles maisons en bois ;
c'était le séjour du malheur ; car les deux
grosses tours qu'on y voit encore, formaient
une des plus hideuses prisons de France ; la
place publique qui est au pied de ces tours,
servait à la vente de cet animal immonde pour
lequel les Israélites ont conservé tant de ré-
pugnance. On a commencé par bâtir, sur un
des côtés de ce marché, l'hôtel des bains ;
les prisonniers ont été transférés dans une
autre prison ; on a détruit les vieilles maisons de bois, ainsi qu'un ancien abreuvoir qui

avait été changé en préau pour les détenus, et
l'on voit maintenant à cette place un théâtre
qui s'est élevé comme par enchantement ; il n'y
a pas six mois qu'on en jeta les premières fondations. Ce théâtre est construit aux frais de
la ville, mais à l'entreprise ; les noms des
entrepreneurs (1) devraient être inscrits sur
une des pierres de ce monument, en témoi-
gnage des félicitations que leur doit la ville,
pour l'exécution prompte et belle de ce théâtre.
Tout ce qui entoure maintenant cet élégant
édifice, cherche à se mettre d'accord : les
vieilles tours vont quitter leur air gothique ;
la main des réformateurs a déjà exhaussé une
porte basse qui ressemblait à la gueule d'un
four. Cette porte, dont la voûte menaçait la
tête du piéton, donne passage maintenant
aux voitures, et établit une communication
directe avec les bains à la lame. Une fontaine
publique, dont l'architecture était lourde, et
les différentes parties discordantes, est renver-

---

(1) MM. Lefebvre fils et Renout. (*Note de l'Éditeur.*)

sée et va reparaître un peu plus loin sous
des formes plus élégantes, et avec des ornements analogues à la limpidité, à la fraîcheur
de ses eaux. Les maisons voisines s'embellissent
aussi ; et, sans que je veuille jeter en rien la
moindre défaveur sur les établissements les
plus simples, je puis dire que ceux qui, dans
ce quartier, remplacent les anciens, sont beaucoup plus brillants. C'est ainsi, par exemple,
qu'un cabinet d'histoire naturelle présente, autant que possible, toutes les riches couleurs
des oiseaux des différentes parties du monde,
là où l'on voyait auparavant la boutique d'un
charbonnier ou tout autre, qui sans doute
était fort utile, mais n'offrait rien d'agréable
à la vue. On remarque encore près des vieilles
tours un grand bâtiment appartenant aux ac-
tionnaires des bains, qui est transformé en
café de la comédie. Je ne sais ce que dirait un
Mentor au milieu de cette petite Salente ; mais
j'étais curieux de connaître ce que penserait
mon antiquaire de tous ces changements, et
comme je savais d'ailleurs pouvoir l'introduire
dans la salle de spectacle, bien que l'entrée
en fut défendue au public, je lui proposai de

l'y mener, lorsque nous aurions pris un peu
de repos.

»Je ne suis point venu de ce côté, me dit-
»il, en arrivant sur les lieux; car on ne s'y
»occupe guère qu'à faire du moderne. Mais
»voici cependant, sinon de l'antique, du moins
»une imitation de l'antique; cet entablement
»ionique est tiré, je le parierais, des thermes
»de Dioclétien, à Rome. Je vois donc la salle
»de spectacle dont vous m'avez parlé : voici
»la façade principale, elle offre un grand dé-
»veloppement, elle a plus de quatre-vingts
»pieds. Le soubassement en pierre de taille,
»couronné par une corniche, est de l'ordre
»toscan de Serlio. Ces trois belles croisées,
»formant arcade, sont séparées par des pi-
»lastres de l'ordre toscan de Vignole. L'on
»pourrait regretter que l'avant-corps ne soit
»pas plus saillant, mais j'en découvre la cause;
»l'architecte n'a pas voulu masquer cette rue
»étroite qui se trouve dans le prolongement.
»Les deux ailes ne sont percées que d'une
»seule croisée sur la largeur, l'intention est
»bonne; ces croisées se détachent ainsi sur un
»grand plein, et donnent plus de style. Mais

»je remarque que l'on n'a mis de modillons
»que sur l'avant-corps ; en effet, on le dis-
»tingue davantage.«

 » Voici la seconde façade, elle est en regard
»avec les bains ; on a voulu établir un rapport
»entre les deux constructions, c'est bien vu ;
»cependant la façade du théâtre est plus or-
»née ; les ouvertures inférieures sont accom-
»pagnées d'impostes et d'archivoltes. Les croi-
»sées du premier étage sont couronnées de
»corniches et entourées de chambranles : l'en-
»tablement est du même ordre que celui de
»la façade principale. «

 Mon ami, lui dis-je, bien que ce ne soit pas
s'amuser ici aux bagatelles de la porte, nous
pourrions entrer, si vous le trouviez agréable.
— Volontiers, volontiers, l'extérieur engage
à voir l'intérieur.

 En entrant dans le vestibule, nous entre-
vîmes l'intérieur de la salle. »Voilà, s'écria
» Valmont, une disposition générale assez sin-
»gulière ; l'on entre ici par le côté de la salle. «
Puis après un moment de réflexion, il ajouta :
»Je devine l'intention ; l'architecte n'a pas
»placé le vestibule sur l'autre façade, atten-

»du qu'en sortant en hiver, d'un lieu pu-
»blic où la température est ordinairement
»très-élevée, on eût été soudainement exposé
»au courant d'air de la porte qui est dans les
»murs de la ville, et qui donne d'ailleurs sur
»la mer, patrie de Borée. Au reste, il ne me
»semble pas que cette disposition présente
»d'irrégularité remarquable.«

Nous nous trouvâmes dans le parterre, et
nous allâmes nous placer contre la rampe qui
le sépare de l'orchestre. La salle présente deux
rangs de loges. Les premières sont divisées
seulement à hauteur d'appui, ce qui rend le
coup-d'œil plus brillant lorsque la salle est
bien garnie. On voit au centre une loge destinée à S. A. MADAME, Duchesse de Berry.
Voici deux étés où S. A. honore les bains de
Dieppe de sa présence ; elle a même permis
de donner à ces bains un de ses prénoms,
celui de Caroline. Cette aimable princesse est
encore attendue à Dieppe, et les habitants
font des vœux pour qu'elle daigne se rappeler
chaque année, qu'au terme de la route de
Rosny à Dieppe, elle sera toujours accueillie
par les plus tendres affections et un dévoue-

ment sans bornes. Je crois voir la Princesse
entrer dans cette loge qui est préparée pour la
recevoir au jour de l'inauguration du théâtre,
lorsqu'elle en aura posé la dernière pierre ;
j'entends les acclamations de joie de cette
foule qui s'est pressée pour lui donner le plus
doux des spectacles, celui d'une population
entière, heureuse de la présence d'une princesse qui ne commande que par des bienfaits ;
je veux, s'il m'est donné de rester à Dieppe
jusqu'à cette époque, je veux pénétrer dans
cette enceinte ; je veux, en voyant l'auguste
fille de mon souverain, unir l'expression de
mon bonheur aux accents de joie des habitants. Ces impressions, Milord, m'avaient
jeté dans une espèce de trouble ; Valmont
s'en était aperçu et en avait deviné la cause,
en recueillant quelques mots que j'avais in-
volontairement prononcés. »Je conçois, je
»conçois, me dit-il, c'est très-naturel, je
»ne vous en dirai pas davantage...... C'est
»sans doute pour céder au vœu général, que
»l'architecte a placé ici la loge de MADAME ;
»ces loges d'avant-scène sont probablement
»destinées aux autorités civiles et militaires ;

»mais continuons à examiner la place du pu-
»blic.« Nous montâmes aux deuxièmes loges
qui forment une galerie de trois banquettes
en amphithéâtre. Valmont remarqua que les
deux étages de loges, sont en balcon comme
au théâtre Italien à Paris. »J'approuve forte-
»ment l'architecte, ajouta-t-il : cette construc-
»tion plus légère évite les soutiens qui sont
»toujours des obstacles pour la vue du spec-
»tacle. Vous voyez, me dit-il, ces pilastres
»corinthiens qui soutiennent le plafond et
»sont couronnés par un entablement du même
»ordre : c'est du Vincent Scamozzi. Mais je
»serais curieux de connaître quels sont les
»sujets qui décoreront ce plafond.« Un monsieur en habit noir, qui se trouvait près de
nous, n'eut pas de peine à entendre les paroles de Valmont, qui résonnaient dans la
salle. »Messieurs, nous dit-il, avec beaucoup de
»politesse, ces ornements ne seront pas d'une
»grande magnificence, mais le dessin en sera
»léger et les motifs bien choisis; nous les de-
»vrons à un élève de Ciceri, qui a fait preuve
»d'un talent remarquable dans le petit nombre
»de décorations qu'il a peintes, telles que la

»place publique, la forêt qui est d'une grande
»vérité, et la campagne qui offre une pers-
»pective charmante.« Valmont ne me laissa
pas le temps de faire mes remercîments, et
il s'aperçut, ainsi que moi, que nous avions
l'avantage de nous trouver avec quelqu'un
qui était au fait de tout ce qui appartenait à
la construction et à la décoration du théâtre.
Notre antiquaire en prit occasion pour s'informer des dimensions de la scène, qui lui
avait paru vaste ; en effet, son ouverture est
de huit mètres quarrés, sa profondeur de
trente mètres, et sa largeur de quinze. Lorsqu'on voudra donner un bal, on pourra
placer sur le parterre un double plancher
au niveau de celui du théâtre, et près de
douze cents personnes prendront part à la
fête. »C'est malheureux, disait Valmont, que
»nous ne soyons pas ici sous un ciel favora-
»ble ; car on eut pu donner à ce spectacle,
»une disposition scénique que j'ai admirée
»dans un théâtre d'Italie, placé comme celui-
»ci, au bord du rivage. Au lever du rideau,
»qui eut lieu vers la fin du jour, j'aperçus
»la mer et des navires voguant à pleines voiles :

»l'action théâtrale demandait la vue de l'océan ;
»on ne pouvait faire usage d'une plus belle
»décoration. Les acteurs jouèrent au bruit
»des vagues, qui brisaient à peu de distance.
»Mais cette salle est fort jolie, et j'en fais mes
»compliments à monsieur l'architecte, qui
»d'ailleurs a dû trouver des difficultés à vain-
»cre sur un terrein aussi peu favorable que
»celui où ce théâtre est construit : *opus arti-*
»*ficem probat*, à l'œuvre on connaît l'archi-
»tecte. «

Nous descendîmes, et nous nous trouvâmes
dans l'embarras du choix pour sortir, car
plusieurs portes s'offraient à nous ; excellente
prévoyance. Mais en passant devant une
grande citerne, nous reconnûmes qu'on avait
pourvu à tout en cas d'incendie. Cette citerne
est remplie par les eaux des couvertures. Du
dehors, on n'aperçoit point les toits de l'édifice, attendu qu'ils sont masqués par un at-
tique.

Au moment où nous sortions de dessous le
vestibule, le petit homme gardien de ces
lieux vint à nous, en portant militairement
la main à son chapeau. »Hé bien, nous dit-

»il, ces messieurs doivent être satisfaits; car
»j'ai eu l'honneur de les voir d'en bas, cau-
»sant avec M. Frissard qui a pu leur procu-
»rer tous les renseignements désirables, puis-
»que M. Frissard, ingénieur des ponts et
»chaussées, a donné les plans de la salle et
»surveillé la construction.« A ces mots, le
petit gardien saisit une prise dans sa tabatière,
et nous salua avec une sorte de gravité gro-
tesque mêlée d'enjouement.

Notre ami fit peu d'attention aux autres
changements qui se font autour du théâtre,
ou plutôt je crus remarquer qu'il ne les
voyait point d'un très-bon œil : il n'entre
pas dans son système de rajeunir les vieilles
constructions; il trouve que c'est un moyen
d'empêcher les monuments de devenir antiques. Ce fut sur un petit jardin qui borde
extérieurement l'hôtel des bains, qu'il exerça
sa critique. »Voici, dit-il, un jardinet et
»une grille qu'on ferait bien de supprimer.
»Ce hors-d'œuvre engage le pied du bâtiment,
»gêne la vue, rapetisse la place, et masquera
»cette nouvelle fontaine qui se trouvera ainsi
»reléguée dans un coin. Sans doute on a voulu

»éloigner les importuns de ces fenêtres ; mais
»il est des moyens qui seraient plus en har-
»monie avec cette architecture. Ce jardin bor-
»dant une place publique, où sont des cons-
»tructions qui annoncent une ville impor-
»tante, ressemble trop au jardin d'une maison
»particulière ; il me rappelle tout-à-fait le
»parterre qui était devant la maisonnette de
»mon oncle Louis de Falaise. Du reste, ce
»quartier me paraît très-beau ; il termine bien
»cette large rue où est l'hôtel-de-ville ; il est
»à regretter que le théâtre ne soit pas plus à
»découvert, qu'il faille arriver à cet angle
»pour l'apercevoir, et qu'on n'ait point eu à
»choisir une autre ligne de perspective ; ce dé-
»faut se rachète par d'autres avantages : la place
»qui règne devant ces deux façades, ainsi que
»plusieurs rues qui viennent y aboutir, entre
»autres celle-ci, qui a plus de trente pieds de
»largeur, tous ces nombreux dégagements per-
»mettront la libre circulation des voitures.«

　»Mais il est une pensée d'un autre ordre
»qui me préoccupe en parcourant ces lieux. Les
»temps anciens viennent toujours de préfé-
»rence s'emparer de mon esprit, quoique je

»ne trouve rien ici qui se rapporte au fait
»historique que j'ai présent à la mémoire. Je
»pourrais cependant, jusqu'à un certain point,
»y rattacher le nom de *port d'ouest*, que
»porte encore cette place où s'élève le théâtre :
»en effet, le port de Dieppe était autrefois de
»ce côté. La rivière qui a donné son nom à
»la ville naissante, avait son embouchure dans
»cette partie de la vallée où nous nous trou-
»vons, sous cette côte de l'ouest sur laquelle
»on bâtit, dans le quinzième siècle, la pre-
»mière enceinte du château-fort que vous
»voyez. Le port se trouva naturellement placé
»à l'embouchure de la rivière ; mais son exis-
»tence est d'une date postérieure au fait qui
»m'occupe, et j'ai raison de dire que le nom
»de port d'ouest ne s'y rattache que jusqu'à un
»certain point, puisqu'il rappelle seulement
»que l'embouchure de *la Dieppe* était autrefois
»ici ou à peu près : nous ne discuterons pas
»ce sujet ; il me suffit de rappeler que ce fut
»à l'embouchure de la Dieppe que Guillaume-
»le-Conquérant s'embarqua lors de son retour
»en Angleterre. Notez bien que je ne parle
»pas de son départ pour la conquête, mais

»d'un voyage qu'il se vit obligé de faire après
»être revenu en Normandie. Je suis étonné
»qu'on n'ait pas encore élevé à Dieppe un
»monument qui rappelât cette circonstance
»de la vie du héros Normand, d'autant plus
»que ce fut comme le signal donné de l'érec-
»tion de la ville de Dieppe ; car c'est vers cette
»époque qu'il faut placer l'origine de cette
»ville. Le point de la côte qu'elle occupe ,
»devint alors la ligne la plus directe pour en-
»tretenir les relations qui venaient de com-
»mencer entre la patrie des conquérants et le
»pays conquis. Je pourrais vous faire voir
»dans les actes du temps , quelles furent les
»relations de commerce qui s'établirent entre
»l'Angleterre et Dieppe. Ce port devint d'ail-
»leurs le point de réunion d'un grand nombre
»de pêcheurs qui, jusque-là, avaient mis
»leurs barques à l'abri dans les *criques* de la
»côte ; ces criques ont toujours conservé le
»nom de *ports ;* il me serait facile de vous
»les citer à l'aide des vieilles cartes de Nor-
»mandie. Puisque Dieppe doit son origine à
»l'union qu'établit Guillaume entre les deux
»rivages de la Manche, les Dieppois sont les

»vieux alliés des Anglais ; et pourtant ces der-
»niers ne les ont pas toujours épargnés, témoin
»cet affreux bombardement qui, en 1694, dé-
»truisit Dieppe de fond en comble. Tournons
»promptement cette page de nos annales : les
»Anglais qui aiment à vivre sur le continent
»peuvent, jusqu'à un certain point, réparer
»cette cruelle injustice, en venant habiter une
»ville qui leur offre tous les agréments qui
»les attirent sur nos côtes. Les Anglais d'ail-
»leurs qui tiennent tant à leur ancienne his-
»toire, devraient rattacher quelques idées na-
»tionales à leur séjour dans une ville dont
»les commencements se lient à l'histoire d'An-
»gleterre. «

Que dites-vous, Milord, du conseil archéologique que mon ami Valmont donne à vos
compatriotes ? Il aurait pu me venir alors à
l'idée de lui parler d'un établissement qui va
se former à Dieppe, sous les auspices de l'autorité : je ne sais s'il y eut vu une compensa-
tion aux maux que les Anglais ont fait à la
ville de Dieppe ; quoiqu'il en soit, l'autorité
locale se promet de grands avantages de cet
établissement. Le collége de Dieppe qui fut

autrefois célèbre sous la direction des pères de l'Oratoire, étant tombé dans une grande décadence, quoique de bons professeurs y eussent été appelés depuis la révolution, va être concédé à des prêtres irlandais qui, avec l'aide de professeurs français, espèrent y attirer un grand concours d'élèves des deux nations.

A notre retour, je priai Valmont de me donner des notes qui pussent m'aider à vous retracer plus sûrement que je ne l'aurais fait de mémoire, la partie scientifique de notre petit voyage; vous ne me soupçonnerez donc point de plagiat, car je vous cite fidellement mon auteur.

Je terminerai cette lettre par une finale bien vulgaire, mais qui cesse de l'être lorsqu'elle est dictée par une amitié véritable : je souhaite que cette épître vous trouve dans une santé aussi parfaite que la mienne; quant au bonheur, il ne peut être complet lorsque les amis ne sont pas ensemble.

A vous pour la vie,

Le Vicomte de ***.

QUATRIÈME LETTRE.

MILORD,

Un de vos compatriotes qui va repasser la Manche, veut bien se charger de cette lettre. Il me fait même espérer qu'il pourra vous la remettre lui-même : en ce cas, vous verrez en M. Reading un homme fort aimable, avec lequel j'ai eu le plaisir de me trouver plusieurs fois ici. Il a fait en France une collection de tableaux, d'estampes, de vieux livres, de sculptures, etc. Il retourne dans son pays comme un Jason, mais comme un Jason célibataire. Nous nous rencontrâmes l'autre jour au bal des bains; car il est bon de vous dire que tous les Mardis et Vendredis on donne, dans un vaste et beau salon (1) attenant à l'hôtel des bains, un bal où se réunit une brillante société ; je ne manque pas de m'y rendre

(1) Ce salon, d'abord destiné aux bals que donne l'administration des bains, servait depuis deux ans de salle de spectacle pendant le séjour de S. A. R. MADAME,

pour y jouir du plaisir que prend la jeunesse, et causer avec les personnes qui ne dansent plus. Les étrangers se rendent en foule à Dieppe ; la population semble s'accroître chaque jour ; les voitures publiques arrivent chargées de voyageurs, les chaises de poste roulent sans cesse. Vous rencontrez à Dieppe des sujets de tous les royaumes de l'Europe : cette diversité n'a rien d'étonnant lorsqu'on pense que les étrangers qui sont obligés de séjourner à Paris, peuvent, en quelques heures, se transporter dans un lieu où ils savent qu'ils rencontreront des agréments variés et dégagés de la fatigue que produit chaque jour le vaste tourbillon de la capitale. D'ailleurs, les bains de mer, l'air stimulant qu'on respire à Dieppe, sont propres à rendre aux sens la vivacité qu'ils perdent au milieu de l'atmosphère de Paris. Ceux qui sont accoutumés aux tables délicates de la capitale, en trouvent d'aussi bonnes à Dieppe, soit en mangeant à table d'hôte, soit chez les restau-

---

Duchesse de Berry ; mais un théâtre venant d'être construit, on a rendu au salon sa première destination. (Note de l'Éditeur.)

4.

rateurs. Valmont m'y a conduit plusieurs fois
pour me donner des leçons de gastronomie
française ; mais n'allez pas croire, Milord,
qu'il aime autant la table que les antiquités.
On peut passer ici des soirées charmantes,
soit à la promenade, soit au bal dans le salon
des bains chauds, où tous les soirs, excepté
les Mardis et Vendredis, qui sont consacrés
aux bals, on se réunit sur les huit heures pour
faire de la musique, pour danser au son du
piano, et pour jouer.

Les habitants comptant bien sur l'arrivée
d'un grand nombre d'hôtes, ont presque tous
des appartements à offrir, où les familles qui
veulent passer la saison à Dieppe, peuvent
se loger fort agréablement : elles y trouvent
tous les objets qui sont nécessaires au ménage ; plusieurs de ces logements sont même
garnis avec luxe ; il y en a de très-grands.
Je me trouvais dernièrement chez M. Marais,
qui, outre sa librairie et son cabinet de lecture, a fondé un établissement fort utile aux
étrangers ; je veux dire un bureau d'indica-
tion : une famille entière ayant de nombreux
domestiques et équipages, lui demandait par

lettre un logement richement meublé, onze lits, une écurie, une remise ; M. Marais répondait le soir même et indiquait une adresse.

Je profiterai, Milord, des offres obligeantes de M. Reading, pour vous envoyer un petit buste en ivoire, de Henry IV ; j'y joins un jeu d'échecs, quelques autres petits objets de la même matière, entr'autres des tablettes. Je veux vous donner une idée du talent avec lequel on travaille l'ivoire à Dieppe : ce genre d'industrie est des plus anciens dans cette ville. Les Dieppois le font remonter au quatorzième siècle, époque où, d'après leurs annales, ils commencèrent à commercer sur les côtes de la Guinée ; mais je crois me rappeler maintenant, Milord, que dans votre Walpole, *Anecdotes of painting in England,* il est question d'un sculpteur Dieppois qui demeura plusieurs années en Angleterre, et à qui l'on dut des sculptures en ivoire d'un grand prix. Il est probable que vous aurez entendu parler des ivoires de Dieppe, ou que vos lectures vous en auront appris quelque chose ; mais je suis bien aise de vous donner d'autres preuves que des citations. Les Dieppois allaient autrefois au golfe de Saint-Laurent pour y pêcher des *morses*, dont les dents fournissent une matière très-propre à être travaillée au burin. Ils excellaient tellement dans cet art, et donnaient un fini si parfait à leurs ouvrages, dans le cours du dix-septième siècle, qu'on croyait qu'ils possédaient le secret d'amollir l'ivoire. Je dois ces derniers renseignements à mon ami Valmont, qui les a trouvés dans les papiers de feu Noël de la Morinière, littérateur fort érudit, qui est né à Dieppe.

Cette lettre ne sera pas longue ; car, comme je me disposais à remplir selon ma coutume le papier, j'apprends que le départ de M. Reading est beaucoup plus prochain que je ne le pensais, et qu'il nous quitte ce soir.

Je ne sais, Milord, si vous auriez ri d'aussi bon cœur que je l'ai fait tantôt, de la petite mésaventure qui m'est arrivée. Je traversais la place royale, et, comme c'est aujourd'hui Samedi, on y tenait marché. Bien que je n'aie pas les soucis du ménage, je me promenais dans les allées de paniers de beurre, d'œufs, de fraises, de légumes, de volailles, etc.; j'étudiais le jeu de la vente et de l'achat. Tout-à-coup un gros nuage arrive sans qu'on y fasse grande attention, et le voilà qui se fond en torrents de pluie : la foule de chercher des abris, les belles villageoises avec leurs grands bonnets de fin lin, les citadins, les paysans, les dames avec leurs chapeaux, tout le monde se croisait, se heurtait ; la fuite ne pouvait être prompte, je ne pus faire un pas que j'étais déjà trempé : j'avais des compagnons d'infortune, mais le nuage s'éloigna, l'écharpe d'Iris parut dans les cieux, et je profitai d'un moment où le soleil vint rétablir l'ordre dans la foule en déroute pour m'esquiver et aller changer d'habit : tout en me déshabillant, je riais encore en me disant : qu'allais-tu faire au marché ? j'avais été y chercher un surcroît d'appétit, car je déjeûnai comme quatre.

C'est vous dire, mon ami, que je me porte toujours très-bien, et je vous en souhaite autant du plus profond de mon âme.

Tout à vous,

Le Vicomte de ***.

CINQUIÈME LETTRE.

MILORD,

Nos lettres se sont croisées sur la route ; et la mienne est sur le point d'arriver, au moment où je lis la vôtre. N'est-ce pas fort désagréable que ces lettres soient obligées d'aller passer la Manche à Calais, tandis que trois paquebots à vapeur vont et viennent continuellement de Dieppe à la côte d'Angleterre, et des côtes Britanniques au port où je séjourne. Mais, c'est un mauvais moyen de se contenter que de trop se plaindre ; puisque les choses sont ainsi établies, il faut se résigner ; la résignation est un excellent remède contre les désagréments de la vie. Vous voyez, Milord, que je suis toujours un grand moraliste : n'en ai-je pas acquis le droit par de longues infortunes.

Vous trouverez réponse dans mon avant-dernière lettre à l'opinion que vous émettez sur les commencements de Dieppe. Valmont va être au comble de la joie de savoir que vous avez sur l'origine de cette ville des idées qui se rapportent aux renseignements qu'il possède : Valmont est plein d'idées de fraternité entre les Normands et les Anglais ; il m'a même demandé plus d'une fois, si l'on n'était pas bien malade dans la traversée : je suppose qu'il aurait quelque velléité d'aller visiter l'Angleterre. Il est possible que je vous l'adresse à quelque beau jour, et que cet antiquaire normand aille vous prouver que sans vous en douter, vous avez des parents en Normandie.

J'étais hier occupé à lire un ouvrage nouveau, intitulé : *Tristan le voyageur, ou la France au quatorzième siècle,* par M. de Marchangy : je finissais le chapitre où Tristan rend compte de son passage par Dieppe : je lisais cette description du portail de l'église de saint Jacques : »Le portail de cette église »est composé de deux tours qui ont la forme »gracieuse de candelabres orientaux ; et entre »ces tours s'élève un pignon dont l'architec- »ture percée à jour semble avoir été copiée »sur les gracieuses fantaisies de la pierre her-

»borisée, ou sur les ramifications du givre
» que l'hiver a soufflé sur le vitrage, ou sur
»les crystallisations pendantes que forme dans
»ses grottes humides la fontaine des falaises
»de Harfleur, ou bien encore sur les stalac-
»tites dont les jets capricieux tapissent en
»mille façons les parois des carrières de Cau-
»mont.«

Valmont entre et je lui montre le passage :
»Je le connais, je le connais, me dit-il, j'ai
»de plus visité l'église dont il est ici ques-
»tion. C'est un beau monument de l'architec-
»ture à ogives; on y retrouve cette obscuri-
»té solennelle que nos ancêtres s'étudiaient à
»faire régner dans ces vénérables édifices. Il
»me semble que cette église, qui offre très-
»fréquemment dans les détails de ses orne-
»ments architectoniques le goût des quinzième
»et seizième siècles, a dû cependant être cons-
»truite sur des plans d'une date beaucoup an-
»térieure, ou qu'on a pris modèle sur des mo-
»numents des treizième et quatorzième siècles,
»et que l'on a ajouté, dans l'exécution, des
»parties de ce que nous appelons gothique
»tertiaire : le gothique tertiaire commence au

»quinzième siècle et règne encore dans le sei-
»zième. Je parle ici de l'effet général que pro-
»duit l'église de saint Jacques; car si vous
»examinez de près, vous reconnaissez que le
»gothique tertiaire est celui qui domine. La
»grande rose qui décore le dessus du portail
»produit un bel effet. A la vue de cette rose
»dont les vitraux peints imitent la riche
»queue de l'oiseau qui semble *déployer à nos*
»*yeux la boutique d'un lapidaire*, j'aurais
»commencé à douter que saint Jacques eut
»été, ainsi qu'on l'a dit, bâti par les Anglais,
»lorsque je n'aurais pas eu de bonnes raisons
»de croire le contraire; car dans les églises
»anglaises, comme vous avez pu l'observer,
»on ne trouve guères de ces roses, mais seu-
»lement une grande fenêtre de forme ordi-
»dinaire. J'ai remarqué dans une chapelle
»qui est près du trésor une fenêtre ou deux
»dont la singularité m'a frappé; ma mémoire
»ne m'en fournit pas en ce moment d'autre
»exemple : au lieu des compartiments et des
»découpures qui remplissent ailleurs le haut
»des fenêtres, on trouve ici des meneaux
»formant une belle coquille. Les piliers ex-

»térieurs et intérieurs de cette chapelle sont
»ornés d'arabesques parfaitement traitées, et
»qui portent le cachet du seizième siècle :
»cette chapelle, dit-on, fut décorée par le fa-
»meux Ango, dont j'aurai probablement oc-
»casion de vous parler ; ce célèbre armateur
»voulut y avoir son tombeau. Si vous visitez
»cette église, je vous recommande de petites
»sculptures qui se trouvent dans la chapelle
»de la Vierge, et qui sont traitées avec un
»grand fini : elles représentent l'histoire de la
»Vierge. Du même coup-d'œil vous exami-
»nerez la ténuité des culs-de-lampes et des
»baldaquins ou dais gothiques qui sont placés
»autour de cette chapelle. Vous pourrez vous
»arrêter devant le trésor ; vous y verrez de
»petites figures et des arabesques très-bien tra-
»vaillées. On voit au-dessus un bas-relief que
»j'ai le dessein d'étudier ; il faudra pour cela
»que MM. les Marguilliers me permettent de
»considérer de près, à l'aide d'un petit établi,
»les personnages de ce bas-relief. «

    »C'était dans l'église de saint Jacques qu'é-
»taient célébrées les cérémonies de la *Con-*
»*frérie de la mi-Août*, fête religieuse et po-

»pulaire qui avait de grands rapports avec les
»mystères qu'on jouait, au quinzième siècle,
»dans plusieurs grandes villes de France.
»Mais ce qui plaisait sur-tout au peuple
»dans cette cérémonie de l'Assomption, c'é-
»tait le jeu des automates qu'il appelait *mi-
»touris*. Deux mitouris descendaient du haut
»du chœur au commencement de la messe et
»enlevaient doucement une figure de la Vierge,
»qui, à son arrivée au milieu d'une représen-
»tation de nuages, recevait la bénédiction de
»Dieu le père : bientôt les nuées se fermaient
»sous les pieds de la reine des cieux et la ca-
»chaient aux yeux des spectateurs. L'assomp-
»tion durait ordinairement pendant toute la
»messe ; il arrivait souvent que le peuple té-
»moignait son impatience, car la partie la
»plus amusante du spectacle était réservée
»pour la fin. C'était alors que commençait
»la pantomime de *Grimpesulais*, petit per-
»sonnage qui faisait le mort, puis se re-
»levait brusquement, battait des mains, re-
»muait les bras, le tout pour témoigner la
»joie qu'il éprouvait d'avoir vu la Vierge ad-
»mise dans la demeure céleste. Les cérémonies

»de la Confrérie de la mi-Août commençaient
»par la procession que le dauphin Louis XI
»avait instituée en commémoration de la prise
»de la bastille de Talbot ; je vous ai fait voir,
»l'autre jour, où était placée cette bastille.
»Cette procession fut supprimée à l'époque
»de la révolution ; mais elle vient d'être ré-
»tablie par le zèle et les soins empressés de
»monsieur le Maire : on voit flotter à cette
»procession un drapeau aux armes de la ville,
»au bas duquel on a peint un dauphin, ou
»sorte de *cachalot*, par allusion au Dauphin,
»fils de Charles VII, qui délivra Dieppe.«

»Je ne vous parlerai ni du mystère de
»l'Annonciation, qui était joué dans l'église
»de saint Jacques, ni de la fête de la
»Nativité, appelée le *Soleret* : j'aime mieux
»vous entretenir de ces jeux floraux qui
»avaient rapport à l'Assomption et qui étaient
»connus sous le nom de *Puy* ou *Palinod*.
»On y lisait des pièces de vers qui firent au-
»trefois grand bruit et acquirent à Dieppe la
»réputation que donne le culte de la poésie.
»La confrérie du Puy, qui a tiré son nom et
»son origine de Puy dans le Vélay, vint à

»Dieppe ainsi que dans plusieurs autres villes
»de France établir la paix parmi les familles,
»et faire germer le goût des beaux-arts et de
»la littérature. Mais je m'aperçois que cette
»histoire serait longue à conter ; et je me con-
»tenterai, puisque vous étiez sur le chapitre
»de l'architecture religieuse, lorsque je suis
»entré, de vous dire deux mots de l'église de
»saint Remy. «

»Saint Remy est un monument du seizième
»et du dix-septième siècles ; cette église est
»d'ailleurs restée imparfaite et de plus a beau-
»coup souffert lors du bombardement de 1694.
»On reconnaît dans cet édifice les derniers
»temps de l'achitecture à ogives et les premiers
»essais du retour à l'architecture grecque : les
»colonnes du chœur ont des chapitaux or-
»nés d'arabesques dans le goût du seizième
»siècle ; les colonnes de la nef sont semblables
»à celles du chœur, mais leur chapiteau est uni
»et rappelle déjà l'ordre toscan. Le grand por-
»tail et les deux portes de la *croisée* appar-
»tiennent entièrement au style renouvelé.
»Toutefois, l'église de saint Remy n'en plai-
»ra pas moins à celui qui étudie les varia-

»tions de notre architecture religieuse, at-
»tendu qu'elle offre ce que nous appelons
»un monument de transition. On conserve
»dans une des tours un bénitier fort curieux
»par les singuliers caractères ou chiffres qu'il
»présente : plusieurs explications ont été es-
»sayées ; mais on n'est pas encore d'accord
»sur la signification de ces bizarres caractères ,
»qui peut-être ne présentent tant de difficul-
»tés que parce que l'ouvrier qui les a sculp-
»tés n'était pas des plus habiles. On voit en-
»core dans la chapelle de la Vierge deux tom-
»beaux accompagnés de petites colonnes :
»dans l'un de ces tombeaux furent déposés
»les restes mortels de Sigogne et de son fils.
»Sigogne, gouverneur de Dieppe, joua un grand
»rôle dans les terribles commotions qu'éprou-
»va cette ville lorsque, dans le seizième siècle,
»on exerça d'affreuses rigueurs contre le culte
»réformé. M. Charles Lacretelle, en son his-
»toire de France pendant les guerres de re-
»ligion, a peint Sigogne sous les couleurs les
»plus belles ; mais une assez volumineuse col-
»lection de manuscrits que j'ai eus à ma dis-
»position , et qui traitent des guerres de re-

»ligion à Dieppe, ne sont pas favorables à
»ce gouverneur. Le président Groulart dans
»ses mémoires le traite aussi d'une manière
»fort dure. Deux figures à genoux représen-
»tant Sigogne et son fils étaient placées sur
»ce tombeau. Celui qui est du côté oppo-
»sé est la sépulture du sieur de Montigny,
»mort en 1641. Il était gouverneur de la
»ville, château et citadelle de Dieppe, ainsi
»que des forts du Pollet et autres qui dépen-
»daient de cette place. Montigny avait acquis
»une grande réputation militaire dans les
»guerres d'Allemagne, d'Italie et de Franche-
»Comté; son nom se trouva associé à celui
»du duc de Longueville, général des armées
»du Roi. Il était représenté sur son tombeau
»dans l'attitude d'un guerrier qui repose;
»son casque et ses gantelets étaient à ses
»côtés.«

Mon cher Valmont, lui dis-je, vous savez
que Milord me prie de lui donner avec votre
aide quelques détails sur l'église saint Jacques.
Je me propose de lui envoyer la petite description qui est dans Tristan le voyageur, et
d'y joindre ce que vous venez de me dire;

mais j'aurais besoin que vous voulussiez bien
me donner votre opinion écrite. Tandis que
Valmont satisfaisait à ma demande, je m'a-
perçus qu'un assez grand nombre de personnes
se réunissaient sur le quai, et je me rappelai que
l'heure approchait de voir le jeu des écluses
de chasse qui avait été annoncé dès le matin
par un pavillon rouge. Je pouvais voir ce
spectacle de ma chambre ; mais pour en mieux
jouir, nous allâmes nous placer devant le collége en face même des écluses. Il était temps
d'arriver : une porte s'ouvre ; une masse
énorme d'eau se précipite, bondit avec fracas,
un flot écumeux s'étend, s'avance vers nous :
les autres portes tournent sur elles-mêmes ; le
torrent s'élance par les trois ouvertures qui lui
sont données, et se dirige en tourbillonnant
vers les jetées. Qui croirait jamais, si le fait n'é-
tait attesté par mille témoins oculaires, qu'un
palefrenier qui baignait plusieurs chevaux dans
la retenue, entraîné avec eux par le courant
au moment où l'on ouvrait les écluses, ait
été précipité du haut de cette chute, roulé
par le torrent, sans que ni lui ni les chevaux
aient trouvé la mort. Le palefrenier qui n'a-

vait point quitté la longe de ses chevaux fut
conduit par eux sur la rive, et là, après s'être
remis un peu de sa terrible course, on le vit
s'empresser de frotter et de nettoyer ses chevaux. Souvent dans ma jeunesse je me suis
rendu à Saint-Cloud pour voir jouer les eaux ;
l'affluence des spectateurs y était toujours considérable, car les eaux de Saint-Cloud étaient
un spectacle en grande réputation. Hé bien,
malgré sa beauté, que je ne conteste nullement, je ne me rappelle pas qu'il m'ait rien
offert qui fut plus digne d'être vu que le jeu
des écluses de chasse de Dieppe : mais j'ai tort
de comparer cette chute d'eau aux jeux des
naïades de Saint-Cloud ; je devrais plutôt y
trouver une ressemblance avec les cataractes de
plusieurs fleuves. Les écluses n'ont point été
construites pour nettoyer l'entrée actuelle du
port, elles se rapportent à un plan qui place
l'entrée en face des écluses. Ce serait pour la
troisième fois qu'on changerait l'entrée de ce
port. La première passe n'était pas très-éloi-
gnée de celle qui existe aujourd'hui, et donnait
au pied d'une vieille tour quarrée, appelée la
tour aux crabes, qu'on voit encore vers l'extré-

5

mité des quais : la base en est cachée par
quelques maisons et des magasins. On dit que
cette vieille tour résista vaillamment à Talbot
qui la foudroyait de près, puisqu'il était posté
sur la falaise voisine ; et peut-être les nombreuses reprises qu'on voit sur ses murs sont-
elles comme autant de cicatrices qui rappellent
les coups terribles qui lui furent portés : mais
elle menace ruine dans quelques parties ; les
habitants de Dieppe laisseront-ils tomber cet
ancien témoin du siége mémorable que sou-
tinrent leurs ancêtres? On voit à deux des
angles deux guérites de pierres ; une d'elles
est assez grande pour avoir servi de corps-
de-garde. On reconnaît facilement que c'est
une ancienne forteresse, et cependant on y
trouve quelque chose de l'aspect que présentent de très-vieilles églises de l'Allemagne
et de la Suisse : toutefois on ne peut placer
la construction de cette vieille tour avant le
quatorzième siècle; c'est, à n'en pas douter,
un monument de la fin de ce siècle. La ville
de Dieppe qui paraît jalouse de rappeler ses
titres à l'estime nationale, puisqu'elle vient
de donner à plusieurs de ses rues les noms

des grands hommes qui naquirent dans ses
murs (1), devrait faire réparer convenable-

---

(1) Je crois devoir ajouter à ce que dit ici M. le Vicomte le *Tableau indicatif des changements délibérés
par le Conseil municipal de Dieppe*, le 28 Juin 1825, et
*approuvés par l'Autorité supérieure, dans les noms de
plusieurs rues et places de cette ville*. Je ferai remarquer que Bayle dont le nom se trouve dans ce tableau
n'est point né à Dieppe : on verra au reste dans une
autre lettre les titres à la célébrité des Dieppois dont
le nom figure ici.

NOMS ANCIENS.	NOMS SUBSTITUÉS.
Rue de la Halle.	Rue de Berry.
Rue des Quais, *depuis la rue Sailly jusqu'à la Vieille Tour*, dite *la Tour aux Crabes*.	Quai Henri-Quatre.
Rue du Haut-Pavé. . . .	Quai Dauphin.
Place du Marché ou place d'Armes.	Place-Royale.
Rue Sailly.	Rue Duquesne.
Place de la Vase, voisine de la Bourse.	Place Duquesne.
Rue de Prison.	Rue Descaliers.
Cul-de-Sac de la rue de Prison, à l'extrémité de la rue du Petit-Monde. .	Cul-de-Sac Descaliers.
Rue du Petit-Monde. . . .	Rue Ango.
Rue Marraine.	Rue Parmentier.
Rue Grandcourt.	Rue Béthancourt.

ment cette vieille tour : on pourrait, sans changer en rien l'aspect antique du dehors, pratiquer à l'intérieur des appartements où l'on réunirait les archives, toutes les pièces, tous les titres qui concernent l'histoire de Dieppe. Valmont prétend qu'avec quelques recherches, il serait possible de recueillir sur

Rues Béte-Vêtue et Jambe de Choux, *réunies*. . . .	Rue Cousin.
Rue au Lait.	Rue Vauquelain.
Rue au Sel.	Rue de Clieu.
Rue du Cul-de-Sac.	Rue Pecquet.
Rue des Cordonniers. . . .	Rue Le Moine.
Rue des Vrelands.	Rue Richard-Simon.
Rues Farinette et de la Truie qui file, *réunies*.	Rue de Lamartinière.
Rue des Petits-Puits. . . .	Rue de Sigogne.
Rue Pelleterie.	Rue Saint-Jacques.
Place du Marché au Fil. .	Place Saint-Jacques.
Rue de la Haute-Boucherie.	Rue de la Boucherie.
Rue du Jeu de Paume. . .	Cul-de-Sac du Jeu de Paume.
Rue des Minimes.	Rue des Tribunaux.
Rues du Trou et des Trois-Boises, *réunies*.	Rue des Bains.
Rue aux Juifs.	Rue Saint-Remi.
Rue de l'Andouille. . . .	Rue Bourdin.
Rue des Capucins. . . · .	Rue de la Prison.
Rue du Bel.	Rue de Bayle.
Rue Guerrière. · · , . . .	Rue Guerrier.

Dieppe des documents fort importants, et que cette ville ayant joué autrefois un grand rôle en Normandie, la tour où l'on renfermerait ces archives deviendrait pour la Normandie ce qu'est la tour de Londres pour l'Angleterre.

Mais il me semble que me voilà loin des écluses de chasse, et cependant je voulais dire que malgré leur éloignement des jetées actuelles, elles contribuent assez puissamment à empêcher le galet de boucher l'entrée du chenal. Telle qu'elle est, cette entrée n'est pas plus dangereuse que celle de beaucoup de ports très-renommés. Des navires d'un fort tonnage peuvent entrer à Dieppe; les plus grandes frégates et même des vaisseaux de soixante-quatorze y aborderaient dans les hautes marées. Malheureusement, le bassin destiné à recevoir les navires n'est point achevé : *indè mali labes*, car le port, qui du reste est un des plus beaux de la France, se trouvant à sec, ainsi que tous ceux de la Manche, aux heures du reflux, les navires de commerce finement construits hésitent à y entrer. Cependant j'y ai vu de mes yeux quelques navires de faible échantillon qui ne souffraient nullement sur

le fond de vase où ils s'étaient posés. On
s'occupe sérieusement d'achever le bassin sous
peu de temps : alors Dieppe recouvrera quelque
chose de son ancienne splendeur. Ce port
étant très-près de Rouen et plus voisin que
le Hâvre de la Picardie, pourra devenir une
place très favorable à l'arrivage des cotons (1).
Dieppe deviendrait, comme jadis, une des
villes les plus riches de l'Europe, si l'on exé-
cutait ce fameux canal qui lierait son port
aux quais de Paris, et dont il fut tant question
autrefois dans les bureaux du ministère. Ce
canal d'une quarantaine de lieues fut commencé
il y a plus de trente ans : les travaux furent
suspendus pendant les guerres de la révolution, et depuis ils n'ont pas été repris, non
à cause de la difficulté de l'exécution, mais
bien par des rivalités de plus d'une sorte.

Les canaux de navigation furent un moyen
de prospérité connu des anciens ; ils exécu-
tèrent en ce genre des travaux immenses : les

---

(1) M. Deslandes, négociant à Dieppe, a déjà prouvé
combien la position de ce port était avantageuse pour
cette importation par navires américains. (*Note de
l'Éditeur.*)

Romains en firent un moyen de civilisation qui en même temps était très-utile à leurs armées. Dès que les Français commencèrent à former un corps de nation, ils s'occupèrent à creuser des canaux. Pourquoi donc aujourd'hui, voit-on si peu d'entreprises de cette espèce en France? je sais que l'on a achevé quelques canaux importants depuis plusieurs années, je sais qu'on projette aujourd'hui de rendre la Seine navigable jusqu'à Paris, mais la multiplicité des canaux n'est point connue; ces veines nourricières sont rares dans cette grande monarchie, tandis qu'en Amérique, en Angleterre, en Hollande, elles portent la prospérité de tous côtés et font valoir toutes les richesses territoriales. Le canal de Dieppe à Paris serait achevé depuis de nombreuses années, si l'on pouvait transporter les localités de l'autre côté de la Manche : on prendrait peu d'inquiétude du voisinage de la Somme et de celui de la Seine, parce qu'on est persuadé que l'industrie, comme la Diane d'Ephèse, présente de nombreuses et abondantes mamelles.

Comme je sais, Milord, que vous êtes curieux de recueillir des renseignements sur

les villes commerçantes, je me suis procuré sur
le commerce de Dieppe, la note suivante.

COMMERCE ÉTRANGER, *importation.*

D'ANGLETERRE. Houille, meules à aiguiser,
fer en barres.

DE NORWÈGE. Bois de construction, planches, madriers, perches, avirons dégrossis.

DES ÉTATS-UNIS. Coton et riz.

DE HOLLANDE. Fromage.

D'HAÏTI(St°Domingo).Bois d'acajou en billes.

EXPORTATION *de Dieppe à l'Étranger.*

Ivoirerie, librairie, vins, sucre rafiné, beurre
salé, œufs, fruits frais, objets de modes, por-
celaines, meubles, marbre, horlogerie, par-
fumerie, mercerie.

CABOTAGE *de France en France.*

Arrivée de Rouen et du Hâvre. Sucre brut,
café, plâtre et pierre à plâtre.

Des ports du midi. Savon, eaux-de-vie,
oranges, liqueurs, fruits secs.

Des port de l'ouest. Sel, ardoises, vin,
huîtres, vinaigre, eaux-de-vie, poterie.

Du nord de la France. Houille, goudron, graines de lin.

SORTIE.

Expédition de Dieppe aux divers ports de la France. Planches, douvelles, barils vides, fer en barres, morues salées, harengs salés et saurs, noir animal, engrais, terre glaise.

Connaissant, Milord, votre goût pour la sculpture, je vous ai envoyé des ivoires de Dieppe. Je ne vous ai point parlé des ouvrages en os qui se fabriquent en cette même ville, attendu que ces objets d'un travail grossier sont loin de pouvoir entrer dans le domaine des beaux-arts : on a peine à croire la quantité considérable de Christs et de Vierges faits à coups de râpe, que les ivoiriers expédient pour l'étranger. C'est en vérité un malheur que vous ne soyez pas grand amateur des choses de la table; car c'est ici qu'on prépare ces langues fumées qui sont si renommées en France, et qui méritent vraiment de passer la Manche. Cette préparation est peut-être due à ces fameux boucaniers dont beaucoup étaient

5.

de Dieppe, et qui auront appris à leurs compatriotes toute l'excellence des langues fumées.

Puisque j'en suis sur le chapitre de la table, je puis vous parler des bouchers de Dieppe qui ont un talent remarquable pour couper la viande : ils sont généralement très-riches. Une grande partie de la *Cité de Limes* appartient à l'un d'eux qui nourrit des vaches et des moutons dans cet ancien *oppidum* : on doit lui savoir gré d'avoir conservé la chaîne des *tumuli* dont il avait été tenté de faire un fossé de séparation. Vos compatriotes, Milord, sont d'excellentes pratiques pour les bouchers Dieppois : j'ai ouï parler d'un Anglais de distinction qui l'an dernier prenait pour lui et sa maison cinq cents livres de viande par semaine. La ville s'occupe de faire construire des abattoirs à l'imitation de ceux de Paris : un ancien établissement de ce genre étant tombé en ruines, il se fait un grand nombre d'immolations dans les maisons des bouchers, spectacle hideux que l'Autorité ne peut souffrir plus long-temps.

Il est encore un établissement de première nécessité qui est projetté ; c'est une halle au blé. L'ancienne est détruite, et l'on doit en élever une qui sera, dit-on, fort belle.

Vous voyez, Milord, que le goût des entreprises, des améliorations se fait sentir fortement en France. Dans la seule ville de Dieppe, voici qu'on a construit depuis deux ans une prison très-vaste dont le plan annonce l'esprit philantropique du siècle, une jolie salle de spectacle et une partie de quai qui est un fort bel ouvrage. Les habitants obéissent de leur côté à l'esprit du temps ; on les voit de tous côtés rebâtir leurs demeures, les embellir, les rendre plus commodes : depuis que je suis ici, on a changé l'aspect de je ne sais combien de maisons, en sorte que Dieppe n'est déjà plus tel qu'il était lors de mon arrivée. Les faubourgs ne restent point étrangers à l'impulsion qui se fait sentir dans la ville ; outre qu'on s'occupe à embellir, on songe aussi à tirer parti de la position des lieux : une fabrique de savon dirigée d'après les procédés anglais, et montée d'ustensiles venus d'Angleterre, vient d'être établie à *Rosenthal*, à une demi-lieue de la ville.

Je ne dois pas passer sous silence une amé-

lioration de la plus haute importance. On a
fondé cette année, sous les auspices de MA-
DAME, Duchesse de Berry, une école-manufac-
ture de dentelles où cinquante élèves sont
dirigées par trois sœurs de la Providence, ve-
nues de la manufacture de Cherbourg. La fabrique de la dentelle forme à Dieppe une
branche d'industrie fort ancienne, mais con-
sidérablement déchue. Les dentelles de Dieppe,
malgré leur solidité, n'avaient plus assez de
brillant pour être préférées aux tissus de cette
espèce fabriqués dans d'autres villes. L'école-
manufacture est destinée à ranimer ce commerce : les dentelles fabriquées dans cette école
sont déjà très-recherchées ; elles sont faites sur
des dessins nouveaux composés par un maître
habile, et joignent à un point des plus brillants la solidité des anciens tissus. Il appartient à un pays où l'on cultive beaucoup le
lin, de se distinguer par des ouvrages en fil.

Je ne sais si c'étaient de nouvelles dentelles
de Dieppe, qui ornaient les coiffes des jolies
Cauchoises que nous rencontrâmes en con-
tinuant notre promenade. J'avais beaucoup
entendu parler de la coiffure des paysannes

du pays de Caux, mais je n'en avais jamais
vu. Les jeunes villageoises dont le costume
attira nos regards, étaient occupées à examiner une suite de petites boutiques qui sont
sur la jetée, et où l'on vend des coquillages
de toutes sortes. Tandis que ces jeunes filles
s'amusaient à considérer, à manier ces coquilles formées dans le même élément qui
donna naissance à la mère des Grâces, j'eus
tout le temps d'observer leur toilette. Elles
avaient des robes de fine percale et de petits
fichus de soie : je remarquai que leurs pieds
étaient un peu grands, ce qui leur donnait
plus de ressemblance avec les beautés Grecques.
Une chaîne d'or faisait plusieurs tours sur
leurs cous du plus fin albâtre : leurs yeux
bleus sont pleins de douceur ; mais un profil
légèrement arqué, prête à leur physionomie
quelque chose de grave ; leur coiffure leur
donne un peu de l'air des femmes persannes.
Ces coiffures, qu'elles nomment bonnettes,
sont d'une grande richesse ; ce sont des espèces de mitres dont le sommet en pointe
revient sur le devant, et qui sont couvertes
de drap d'or ou d'argent, et garnies d'orne-

ments de dentelle : de longues cornettes également de dentelles, sont attachées au haut de la bonnette, retombent en arrière, et descendent jusques vers la ceinture. Mais je vous donnerais une idée beaucoup plus exacte de cette coiffure, en vous priant de chercher dans les monuments de la monarchie française, le costume des dames du temps de Louis XI; vous y verrez ces belles bonnettes; si ce n'est que la pointe, au lieu d'être en arrière, est aujourd'hui portée en avant.

Si l'on pouvait enfermer dans une lettre les sons de la musique, comme Éole enferma jadis les vents dans des outres, je vous enverrais, Milord, un concert donné par la société philarmonique de Dieppe. Nous y assistâmes au retour de notre promenade : nous ne fûmes pas les seuls; car outre ceux qui étaient introduits dans la salle du concert, il y avait dans la rue une réunion considérable d'auditeurs de toutes les classes, qui recueillaient les sons qui s'échappaient au-dehors. La société philarmonique fait autre chose que de bonne musique; elle sait venir au secours du malheur : il n'y a pas encore long-temps, car c'était au milieu de l'hiver dernier, qu'ayant sollicité dans ce noble but la présence d'un grand nombre d'amateurs, cette réunion fournit une somme assez considérable, qu'on employa à habiller de pauvres matelots qui, faute de vêtements, ne pouvaient aller à la pêche.

Je crois que c'est Rousseau qui dit quelque part que les solitaires font toujours de très-longues lettres. Je puis donc passer pour un fameux anachorète ; mais vous voyez, Milord, que je n'en suis pas moins jaloux d'occuper vos souvenirs, puisque c'est à vous que s'adressent de si longues épîtres.

Demain, nous allons, Valmont et moi, visiter les lieux que vous me recommandez d'aller voir, et je tâcherai de les étudier de manière à satisfaire à vos demandes.

Tout à vous pour la vie,

Le Vicomte de ***.

SIXIÈME LETTRE.

Nous voici donc dans une calèche de louage, fort propre et attelée de deux chevaux qui vont d'abord nous conduire, avec l'aide d'un cocher toutefois, sur le champ de bataille voisin de Martin-Église. Il est tout au plus six heures du matin, et mon quartier annonce que depuis une heure au moins, le sommeil en est banni. Ma marchande de tabac, chez laquelle je viens de faire ma provision, a déjà quitté sa coiffe de nuit : des poissonnières saluent, dans les cabarets voisins, la nouvelle journée, et comme j'aperçois parmi celles qui sont dehors quelques bonnets placés un peu de côté sur une chevelure assez en désordre, j'en augure, bien que ce jugement soit un peu léger peut-être, que la discorde était éveillée de bonne heure; n'importe : nos coursiers ont reçu un petit avertissement, et les voilà qui nous enlèvent.

Comme nous suivions la grande rue du

faubourg du Pollet, nous vîmes détourner
d'une rue assez étroite, une charrette escortée
de gendarmes : à la vue de ces cavaliers,
nous reconnûmes facilement que les hommes
et les femmes qui étaient dans la voiture,
étaient des prisonniers. Parmi les femmes, il
y en avait une qui, je ne sais pourquoi, était
couronnée de fleurs; sa figure, ses manières
annonçaient une Laïs du dernier étage : deux
hommes paraissaient dans le plus grand acca-
blement, les autres chantaient à pleine gorge;
les malheureux ! étaient-ils l'image du crime
dans toute son effronterie, ou bien cher-
chaient-ils à cacher leur honte ? Nous pen-
sâmes qu'ils partaient pour être jugés aux
Assises qui se tiennent à Rouen , car Dieppe
n'a qu'un tribunal de première instance et de
police correctionnelle; je ne parle pas du
tribunal de commerce , dont la compétence
n'a aucun rapport avec le spectacle qui frappait nos yeux. La voiture sortait d'une prison construite il y a deux ans, lorsque la
voix de la pitié eut obtenu que les deux tours
dont je vous ai parlé dans ma précédente
lettre , ne servissent plus à la réclusion. La

prison actuelle est bâtie sur un plan digne
d'un siècle où l'on voit Monseigneur le Dauphin
présider à une société de philantropes, qui
travaille avec persévérance à l'amélioration du
régime des prisons.

Nous sortîmes du Pollet, et Valmont me
fit voir sur l'escarpement de la côte, au-
dessus d'une petite construction de planches,
une maison couverte en chaume et nouvellement réparée, dans laquelle Henri IV reçut,
dit-on, l'hospitalité, tandis que les Polletais
travaillaient avec ardeur aux retranchements
que le Roi voulait opposer, de ce côté, aux
attaques de Mayenne. Nous prîmes le chemin sur lequel j'avais eu le plaisir de retrouver mon ami : il m'expliqua cette fois l'origine
du nom que portent quelques lieux qui sont
sur la terrasse qui borde ce chemin. »Cette
»guinguette, me dit-il, s'appelle *Jérusalem*
»ou *la Tour*, parce qu'elle est bâtie sur un
»terrein qui appartenait à l'ordre de Saint-
»Jean de Jérusalem, et qu'autrefois on y
»voyait une tour : tout auprès était une ma-
»ladrerie ou léproserie. Plus loin, là où vous
»apercevez une maison nouvellement cons-

»truite, était une chapelle dédiée à Notre-
»Dame de Bonne-Nouvelle : on s'y rendait
»en pélerinage pour remercier la Vierge de
»la protection qu'elle avait accordée, et bien
»que la chapelle soit détruite, on voit en-
»core quelquefois des personnes pieuses ve-
»nir faire leurs prières sur ce terrein, qui
»fut consacré à la mère des affligés.«

»L'histoire de ce coteau, comme de bien
»d'autres lieux, présente de tristes tableaux,
»et probablement il est d'autres faits que
»nous ne connaissons pas. Les ruines ro-
»maines cachées sous ce sol, rappellent un
»temps de dévastation affreuse ; nous venons
»de passer devant le champ où les lépreux
»subissaient, dans la solitude, une agonie
»de plusieurs années ; le village de Neuville,
»qui est au-dessus, fut brûlé par Mayenne
»après qu'il eut été repoussé dans son attaque
»contre le Pollet : mais pourquoi la chapelle
»de Notre-Dame de Bonne-Nouvelle a-t-elle
»disparu, lorsqu'elle rappelait, au milieu de
»tant de scènes décourageantes, que la pitié
»du ciel n'était point cependant fermée pour
»nous ?«

»Nous avons traversé le fauboug du Pollet
»et j'ai oublié de vous dire ce que je pense
»sur l'étymologie du mot *Pollet* : on a voulu
»que ce nom fut une corruption de *port d'est*,
»mais à quelle époque ferait-on donc remonter
»cette altération des mots *port-d'est*, lorsqu'on
»trouve dans une charte de 1317, le Pollet
»désigné sous le nom de *villa de Poleto ?* Je
»suis plus porté à croire que *Polet* est un
»composé du mot normand *pol, pole,* qui
»signifie *marais, lieu marécageux*. Je dois
»cette idée à Noel de la Morinière, qui était
»très-versé dans les langues du Nord, et qui
»avait recueilli quelque temps avant sa mort,
»un grand nombre de notes qui devaient trou-
»ver place dans une histoire de Dieppe, qu'il
»composait à loisir. Noel avait déjà publié un
»*premier Essai sur le département de la Seine-*
»*Inférieure, l'Histoire de la navigation de la*
»*Seine*, et il a laïssé incomplet un grand ou-
»vrage sur les pêches. Il était inspecteur-gé-
»néral des pêches du royaume, et mourut
»en 1822, à Drontheim, en Norwège. Noel
»est né à Dieppe ; c'était un érudit dont le
»nom fera honneur à la ville où il reçut le

»jour. Dieppe comptait déjà parmi ses en-
»fants des hommes d'une grande réputation ;
»je vous citerai Descaliers, mathématicien,
»qu'on regarde comme le père de l'hydro-
»graphie ; Ango, célèbre armateur, dont je
»vous parlerai plus au long ; Parmentier,
»un des premiers navigateurs qui, après avoir
»doublé le cap de Bonne-Espérance, s'enga-
»gèrent dans les mers de l'Inde ; il était de
»plus littérateur distingué, traducteur de
»Salluste et géographe.«

»Béthancourt n'est pas né à Dieppe ; sei-
»gneur de Grainville-la-Teinturière, en Caux,
»il fit la conquête des Canaries, dans les pre-
»mières années du quinzième siècle. Il sortit
»du port de la Rochelle, en 1402, avec mes-
»sires Gadifer de la Salle, Bertin de Ber-
»neval, et quelques autres qui voulurent être
»de la partie, se rendit à Séville, du temps
»de Henri III, roi de Castille, et de là partit
»pour sa conquête, qu'il acheva après bien
»des désagréments que lui donnèrent ceux
»qu'il avait amenés avec lui. Les Dieppois qui
»prétendent avoir ouvert le commerce avec
»cette partie des côtes de l'Afrique, regardent

»la conquête que fit Béthancourt, comme
»une des suites de leurs entreprises. Cousin
»fut un hydrographe qui savait joindre à la
»théorie les souvenirs de la pratique. Vau-
»quelain commanda une frégate et un vaisseau
»du Roi, et se distingua comme officier des
»plus braves et des plus habiles, dans les
»guerres du Canada. M. de Clieu, seigneur
»de Derchigny, près de Dieppe, porta aux An-
»tilles le premier plant de cafier; il l'avait
»obtenu du directeur du jardin du Roi.
»Pecquet est un médecin célèbre par les
»importantes découvertes qu'il fit dans la
»science de l'anatomie. M. Le Moine déploya
»un zèle infatigable pour l'exécution de pro-
»jets qui eussent rendu à Dieppe son ancienne
»splendeur. Il sollicita du gouvernement, avec
»une ardeur qui triompha quelques instants
»de tous les obstacles, l'ouverture du canal
»de Dieppe à Paris; il était parvenu également
»à faire commencer les travaux du nouveau
»port; on voit encore sur le rivage, à peu
»près à égale distance des bains et de la jetée,
»les restes d'une digue circulaire qui avait été
»élevée pour couvrir la fondation des nou-

»velles jetées. M. Le Moine était de plus versé
»dans la science de l'économie publique ; il
»projetait un grand travail sur les pêches,
»et n'en publia que le *prospectus*. Richard-
»Simon était un des plus savants hommes de
»son temps ; il mourut en 1712. Il avait fait
»une étude approfondie des langues de l'Orient ;
»il était aussi excellent critique. Son histoire
»de l'origine et des progrès des revenus ecclé-
»siastiques, son histoire critique du Vieux-
»Testament, sont des ouvrages d'une haute
»science. Lamartinière est connu par le dic-
»tionnaire géographique qui porte son nom.
»Nicolas Le Nourry, savant bénédictin, a
»laissé plusieurs ouvrages qui annoncent com-
»bien il s'était appliqué à l'étude des antiquités
»ecclésiastiques. Jean Crasset, jésuite, auteur
»de l'histoire du Japon, était aussi de Dieppe ;
»ce fut également la patrie de M. Houard, un
»des plus savants légistes français. Richer le
»fabuliste est né près de cette ville ; il y fit
»ses études au collége de l'Oratoire. Je pour-
»rais vous citer d'autres noms recommanda-
»bles, qui témoignent que les belles-lettres et
»les sciences furent cultivées de très-bonne

»heure à Dieppe. Dernièrement encore, cette
»ville possédait M. Cousin-Despréaux, qui
»passa sa vie dans les lieux où il était né,
»occupé de l'étude de la sagesse et de l'histoire;
»son histoire de la Grèce est dans la biblio-
»thèque des savants de tous les pays. Dieppe
»revendique déjà le nom de M. De Blainville,
»qui naquit près de ses murs. M. De Blain-
»ville, professeur d'anatomie comparée, à
»la faculté des sciences de Paris, succède, à
»l'Institut de France, à M. le comte De Lacé-
»pède; ce savant est aujourd'hui un des plus
»fermes soutiens d'une école où l'on étudie la
»nature, et où l'on ne cherche pas à lui ap-
»pliquer les théories de l'imagination. Dieppe
»se glorifiera encore d'avoir été long-temps
»le séjour de M. B. Gaillon : observateur
»consciencieux, il soumit à la science quelques
»parties de ce règne de la nature qui, placé
»dans l'infiniment petit, échappe à nos yeux,
»et semble se confondre avec l'atmosphère.
»Les savants se sont accoutumés à l'appeler
»M. Gaillon de Dieppe, parce que c'est de
»cette ville que sont datées la plupart de ses
»observations; c'est une méprise dont les

»Dieppois ne se plaindront pas, et je souhaite
»pour eux qu'elle dure encore long-temps.
»On doit à M. B. Gaillon divers mémoires
»sur l'histoire naturelle, notamment un sur
»la cause de la viridité des huîtres, qui a reçu
»la sanction de tous les corps savants de la
»France et de l'étranger : ce naturaliste est
»un de ceux qui contribuent le plus à donner
»à l'étude de la physiologie végétale une sage
»direction. Armé d'une infatigable patience,
»il fait passer sous son microscope les pro-
»ductions du rivage, celles que la mer ren-
»ferme dans ses abîmes, et ne prononce son
»opinion qu'après des expériences réitérées et
»lorsqu'il s'est, pour ainsi dire, familiarisé
»avec ce monde microscopique et sous-marin.
»Le rivage de Dieppe est assez riche en pro-
»ductions : on en trouve la nomenclature
»dans une notice sur Dieppe, publiée il y a
»deux ans.«

»Je ne vous ai pas parlé de Duquesne ; vous
»savez que cet amiral est né à Dieppe ; mais
»ce n'est pas sans intention que j'ai passé jus-
»qu'à présent sous silence le célèbre Dulague ;
»car je voulais unir le passé au présent, en

»vous disant que les éléments d'hydrographie
»et de navigation de Dulague, ont été aug-
»mentés avec un grand succès par M. Blouet,
»qui occupe aujourd'hui la chaire d'hydro-
»graphie de Dieppe : ce professeur fut un des
»premiers à répondre aux vœux du ministre
»de la marine, qui engageait les professeurs
»d'hydrographie à enseigner aux artisans des
»villes où ils sont placés l'application de la
»géométrie aux arts, d'après les cours de
»M. Dupin. Dieppe possède, depuis bientôt
»un an, une de ces écoles; j'ai appris avec
»un grand plaisir qu'elle fut très-fréquentée
»durant les longues soirées de l'hiver, et que
»les élèves se promettent d'y revenir avec le
»même zèle, lorsque de nouvelles soirées
»viendront leur donner plus de loisirs.«

Valmont acheva de me donner ces renseignements au pied de la vieille église d'Étran;
car nous avions mis pied à terre dans ce village. Cette église menace ruine de tous côtés;
mais à sa vue on éprouve ce que l'auteur
dont vous aimez tant les œuvres, appelle le
plaisir de la ruine : »Celles-là, dit-il, lorsqu'il
»parle des ruines occasionnées par le temps,

»nous plaisent, en nous jetant dans l'infini ;
»elles nous portent à plusieurs siècles en ar-
»rière, et nous intéressent à proportion de
»leur antiquité.« Valmont présume que ce
qu'on voit de l'église d'Étran a été construit
sur une église plus ancienne. Cette église est
située sur le versant d'une côte, au bord d'un
chemin qui monte au hameau de Bretigny
et au village de Tibermont. Quelques jours
avant la bataille d'Arques, Mayenne occupait
ces villages, et de là faisait montre de ses
troupes aux habitants de Dieppe qu'il voulait intimider.

Du hameau d'Étran à Martin-Église, la
course n'est pas longue ; on suit d'ailleurs un
chemin uni que borde le même coteau dont
on a longé la base depuis le départ du Pollet;
à droite, la vue se promène dans la superbe
vallée d'Arques, qui commence ici à prendre
un grand développement; les ruines du château apparaissent, et l'on voit devant soi, sur
la croupe d'une côte, s'élever la forêt. Le village de Martin-Église est placé à l'ouverture
d'une vallée qui débouche dans celle d'Arques.
Une petite rivière qui se partage en deux

bras, arrose ce village. Nous allâmes à l'église examiner la fameuse pierre du curé de *Limmes*. Cette pierre couvrit les cendres de 𝔐essire 𝔕egnault 𝔙iel ou 𝔊iel (car le premier caractère est douteux) en son vivant curé de 𝔏immes et doien de 𝔈uuremen lequel trespassa l'an de grace mil-ccccLxvi (1466.). Regnault Viel y est représenté avec ses habits sacerdotaux, sous un baldaquin gothique ; une bordure de feuilles de chêne règne des deux côtés, entre les montants du baldaquin et de l'inscription : aux quatre coins sont les emblêmes qui désignent les quatre évangélistes. Cette pierre, chafgée d'ornements gravés avec un grand fini, sert aujourd'hui de table d'autel. Ce monument a donné lieu à plusieurs dissertations dans lesquelles on a recherché la position de cette cure de Limmes ; mais cette question n'est pas encore décidée d'une manière péremptoire : en attendant, on peut sans crainte signaler cette pierre comme offrant une excellente exécution de dessin linéaire. L'un des ponts de Martin-Église étant très-petit et

l'autre dépourvu de rampes, on passe à travers les deux bras de la rivière qui produit
un doux murmure, au milieu des saules dont
elle est bordée. Nous arrivâmes aussitôt au
pied du coteau qui est couronné par la forêt ; nous vîmes la borne qui sert de limite à
la garnison de Dieppe, et nous laissâmes sur
la gauche une belle route qui conduit, à travers la forêt, au village de saint Nicolas,
célèbre aujourd'hui par la manufacture d'horlogerie de M. *Honoré* Pons.

Le chemin que nous prîmes n'entre pas dans
la forêt, mais il tourne le coteau en se di-
rigeant à peu près sur le milieu de la pente.
Ce fut la route que suivit Mayenne au point
du jour, en quittant Martin-Église, pour
venir attaquer les lignes de Henri IV. Le terrein est un peu coupé et n'a pas deux cents
toises de largeur; il se trouve resserré entre
la forêt et la rivière qui coule au pied du coteau, après sa sortie de Martin-Église; aussi
les colonnes d'attaque de Mayenne avaient-
elles plus de profondeur que de largeur. Du
reste, ces masses marchaient aussi bien que
le pouvaient faire des troupes parmi lesquelles

on comptait un grand nombre de nouvelles
levées. La cavalerie tenait la droite, près de
la petite rivière ; l'infanterie marchait plus
haut, s'appuyant sur la lisière de la forêt.
Cette armée, qui était de trente mille hommes,
s'avançait en silence ; il faisait un brouillard
si épais, que la clarté des mèches des arquebusiers ne décelait même pas ses mouvements.
Mais le Roi avait été averti la veille par un prisonnier, et il avait également su par une ve-
dette, que de l'infanterie était venue dès la nuit
se loger entre lui et Martin-Église. Cette journée, qui était le 21 Septembre 1589, fête de
saint Matthieu, allait décider du sort de la maison
de Bourbon. Henri IV était plein de confiance
en Dieu ; on lui amena au commencement de
l'action, le comte de Belin qui avait été pris ;
il alla à sa rencontre, l'embrassa, et s'aper-
cevant que le comte était étonné du petit
nombre des défenseurs de la cause royale, il
lui dit : »Belin, vous ne les voyez pas tous,
»car vous n'y comptez pas Dieu et le bon
»droit qui m'assistent.« Le gros et indolent
Mayenne n'avait pas cinq cents toises à parcourir pour arriver sur les lignes du Roi. La

bataille fut livrée à peu près à égale distance
de Martin-Église et d'Arques ; et il est même
probable qu'elle eût pris son nom de Martin-
Église, si Mayenne eût été vainqueur. Le
champ où l'on combattit est sur un terrein incliné qui fait suite au coteau sur lequel s'avançait Mayenne ; il est traversé par une route,
aujourd'hui bordée de pommiers. La partie supérieure de cette sanglante arène, est fermée
par la forêt d'Arques, dont l'orée est couverte
de broussailles ; en bas, sont des prairies
qu'arrosent la Béthune, l'Arques et l'Eaulne
qui vient de Martin-Église. Ces prairies étaient
autrefois, et au temps de Henri IV, inon-
dées par les eaux de la mer, ce qui les rendait très-marécageuses. De l'autre côté de la
vallée, on voit, au milieu d'un verdoyant
paysage, le bourg d'Arques et les belles ruines
de son vieux château. Le champ de bataille
est inculte sur les sommets voisins de la forêt,
mais le terrein qui descend vers les prairies
est cultivé. Il n'est pas inutile de dire que de
ces lieux on aperçoit dans le lointain, à l'ouverture de la vallée, la ville de Dieppe ; car
bien que cette ville soit à une grande lieue

des champs où les deux armées en vinrent
aux mains, elle était cependant le lieu de retraite où pouvait se retirer Henri IV, qui
toutefois aurait été obligé de retourner par
Arques pour suivre l'autre bord de la vallée ;
car du côté du champ de bataille, Mayenne
était entre la ville et le Roi. Sur le coteau
était jadis une maladrerie qui devint une chapelle dédiée à saint Étienne, puis maison de
campagne des jésuites : on dit même qu'alors
que ces pères en étaient possesseurs, ils eurent
grande envie d'obtenir le petit bouquet d'arbres qui est au-dessus de cette maison, mais
que Colbert connaissait trop les lieux pour
consentir à la demande. Maintenant cette ancienne maison des jésuites est une ferme où
nous mîmes notre calèche, avec l'agrément du
fermier. C'était à cette ferme que commençaient les lignes de Henri IV ; elles partaient
de ce point et joignaient la forêt. Le Roi
s'était fait sur ce coteau une espèce de camp
retranché ; car à quatre cents toises environ
plus loin, il avait fait élever un autre retranchement qui le couvrait, au besoin, du côté op-
posé à celui par lequel venait Mayenne. On

peut voir encore aujourd'hui les lignes qu'il avait tirées depuis la ferme jusqu'à la forêt; elles furent occupées par l'infanterie, et on y avait élevé une plate-forme destinée à recevoir du canon. La cavalerie était placée depuis la chapelle jusqu'à la rivière; ainsi la cavalerie des deux armées était en présence; il en était de même pour l'infanterie. Henri n'avait que six mille hommes, mais des plus aguerris; il était toutefois facile à Mayenne, qui avait trente mille hommes, de tenir les lignes du Roi en échec, et, à la faveur de la forêt, de tourner l'armée royale, de la prendre en flanc et de l'attaquer sur les derrières malgré l'autre retranchement. Henri IV qui n'avait d'autre retraite que la vallée, qu'il était obligé de venir passer aux ponts d'Archelles pour se replier sous le château d'Arques, aurait eu beaucoup de peine à se tirer d'affaire; le pont sur lequel il lui fallait passer se trouvait à plus de six cents toises de sa première ligne, et l'ennemi, avec un peu de diligence et de hardiesse, pouvait y arriver avant lui. Mais Dieu, qui servait sa cause, avait fait descendre la mésintelligence dans les rangs des ennemis;

6.

Mayenne et le marquis du Pont, fils du duc
de Lorraine, étaient en contestation ; le jeune
prince du Pont prétendait avoir le comman-
dement, et sur le refus qu'on lui en fît, il
connut bien qu'il obtiendrait encore moins
le trône, qu'on lui avait promis comme étant
petit-fils du roi Henri II. Le combat com-
mença sur les dix heures, vers la partie inférieure du coteau, puisqu'il fut engagé par
la cavalerie, et ce fut celle du Roi. Le capitaine Fournier, avec sa compagnie de quarante maîtres, charge l'escadron de Jean Marc
Albanais ; Jean Marc est renversé mort de
dessus son cheval. Le jeune comte d'Auvergne
suit le capitaine Fournier avec les compagnies
du Roi, commandées par Rambures ; il aperçoit Sagonne qui, à la tête d'un escadron,
soutenait celui de l'Albanais ; il l'appelle pour
faire le coup de pistolet. Sagonne, un des
principaux chefs de la ligue, lui crie en riant :
Du fouet, du fouet, petit garçon, et en même
temps fondant sur lui, porte un coup d'épée
dans l'épaule droite du cheval du jeune comte
que, probablement, il voulait faire prisonnier ;
d'Auvergne lui répond par un coup de pisto-

let qui vient le frapper à la cuisse et lui fait une blessure mortelle. Soudain l'escadron de Sagonne tourne bride, d'Auvergne et Rambures le poursuivent jusqu'à celui de Balagny qui, sans les attendre, prend la fuite ; mais le duc de Nemours arrive avec le sien et contient l'élan des vainqueurs. La partie changeait, lorsque de la Force, de Bacqueville et Larchant accourent ; le duc de Nemours et le duc d'Aumale sont culbutés avec leurs gens. Il fallut que Mayenne vint avec le reste de sa cavalerie ramener le combat ; les fidèles du Roi furent contraints de lâcher pied et de regagner la haie qui joignait la maladrerie, pour se rallier sous le feu de l'infanterie royale.

De ce côté, l'infanterie ennemie attaquait vigoureusement les lignes sans obtenir aucun succès : ce fut alors que les lansquenets de la ligue baissèrent leurs drapeaux et leurs piques, crièrent : *Vive le Roi !* demandant à passer dans les rangs des lansquenets de Henri IV. Ceux-ci les reçoivent, les aident même à franchir le fossé ; soudain, les traîtres tournent leurs armes contre les défenseurs du Roi, les tuent, les font prisonniers, les poursuivent ; le comte de Rochefort rallie quelques officiers et quelques soldats, tient tête avec une valeur incroyable ; mais une blessure l'oblige à se retirer. Un capitaine des perfides lansquenets demande à parler à Henri : le Roi se portait sur tous les points où le combat exigeait sa présence et sa valeur ; on le lui amène ; ce ligueur ose lui demander s'il ne veut pas se rendre à Mayenne ; en même temps, brandissant un épieu, il s'avance pour en percer le Roi ; vingt épées sont déjà dirigées contre ce frénétique, c'en était fait de lui sans la clémence de Henri.

Le maréchal de Biron prend avec lui soixante chevaux et ordonne au sieur de Richelieu de s'opposer aux lansquenets qui pouvaient s'emparer de tout le terrein élevé et pénétrer jusqu'aux derniers retranchements qui étaient sur le derrière. Richelieu les charge ; ils ne savent pas garder leur avantage ; Richelieu tombe également sur d'autres corps d'infanterie qui marchaient pour s'unir aux lansquenets et rétablit le combat de ce côté. La cause du Roi venait d'y être en grand danger ; car peu s'en fallut que la ruse des troupes de

Mayenne ne donnât la victoire à leur général.

D'une autre part la cavalerie ennemie avait repris l'offensive avec succès : le comte de Thiange fondit sur l'escadron du comte d'Auvergne qui, ne pouvant tenir, s'enfuit à travers la prairie pour se mettre sous la protection d'un régiment Suisse qui était posté près de la chaussée d'Archelles. Galati, colonel de ce régiment, reçut près de lui le jeune Prince qui était démonté pour la seconde fois, tint ferme contre la troupe de Thiange et l'obligea même à se retirer avec perte. La cavalerie de la ligue avait ainsi pénétré sur les derrières de l'armée royale. Il se fit dans la prairie, sur le bord des petites rivières, de vigoureuses charges de cavalerie dans lesquelles les ligueurs furent battus : il y en eut de poussés jusque dans les marais où ils se noyèrent. Un gentilhomme de la ligue, revêtu d'une casaque de velours ras noir, semé de croix de Lorraine en broderie d'argent, se défendit long-temps contre plusieurs officiers du Roi, et fut enfin tué d'un coup de pistolet. Sa grosse taille, son costume, une cicatrice qu'il avait à la jambe et quelques traits de ressemblance avec Mayenne, firent croire d'abord que c'était ce duc, et le bruit se répandit soudain dans l'armée royale que Mayenne était mort.

Sur ces entrefaites, le comte de Chatillon arrive de Dieppe avec cinq cents arquebusiers, marche droit à la maladrerie où les ennemis s'étaient logés, l'attaque, l'emporte et fait couler deux cents hommes dans les retranchements d'où il déloge les lansquenets. D'après les ordres du Roi on ramène sur ce point l'artillerie qui commence à jouer sur les troupes de Mayenne : le duc s'aperçoit qu'il n'est plus maître de cette position, il désespère de la victoire et ordonne la retraite.

Je désire, Milord, que cette petite description puisse répondre à la demande que vous m'avez faite : suivant votre recommandation, je me suis attaché à vous donner une connaissance aussi exacte que possible du champ de bataille; j'ai tâché de vous montrer les faits sur les lieux. Je ne sais, en vérité, quelle ressource restait au Roi s'il eut été vaincu à saint Étienne : Mayenne l'eut enfermé dans Dieppe qui sans doute était en état de tenir; mais Henri n'en était pas moins chassé de son

royaume ; quand et comment y serait-il ren-
tré ? Lorsqu'on considère combien la victoire
que le Roi remporta sur ce fameux coteau fut
décisive, on est étonné de n'y trouver rien qui
rappelle cette partie de l'histoire de France. Je
suis fâché qu'on n'y ait pas élevé une colonne
sur laquelle on eut gravé le nom des braves
qui n'abandonnèrent pas leur prince dans
l'extrémité où il se voyait réduit, et qui combattirent à ses côtés. Bien certainement, si j'a-
vais quelque influence dans le pays, les habitants de Dieppe et des cantons voisins éri-
geraient un monument sur ce champ de bataille, et je les engagerais à venir tous les ans,
le jour de saint Matthieu, y célébrer une fête
à laquelle prendrait part la garde nationale
et la garnison de Dieppe. La beauté du site
se prêterait d'ailleurs à cette cérémonie patrio-
tique ; les échos de la forêt aimeraient à re-
dire le nom du grand Henri : une musique
tantôt militaire, tantôt engageant aux danses
et au plaisir marierait la gloire des guerriers
aux douceurs de la paix.

Nous venions de parcourir avec soin tout
le champ de bataille ; nous avions même exa-

miné une grande fosse qui fut peut-être
celle où le Roi déjeûna avant l'action avec ses
principaux officiers : nous allâmes rejoindre
notre voiture et nous continuâmes notre route
pour gagner la chaussée d'Archelles qui conduit à Arques ; Valmont pense que cette chaussée est une ancienne voie romaine. Nous passâmes deux ponts et plusieurs petits ruisseaux
avant que d'arriver au pont qui est jeté sur
l'*Arques*. Ce pont est fort dégradé ; il est probable cependant que ce n'est plus celui qui
donna son nom à la ville d'Arques : en par-
lant ainsi, je me range à l'opinion d'un antiquaire, M. A. Leprevost, qui a fait de très-sa-
vantes recherches sur Arques et son château,
et qui pense que le mot *Arques* est venu du
mot latin *arcæ* (1).

Nous nous rendîmes directement à l'église.
M. Dibdin trouve que quelques parties de cet
édifice rappellent beaucoup la cathédrale de

---

(1) La notice de M. Leprevost, avec les citations en
français, ne se trouve malheureusement pas dans la librairie ; mais on peut la lire avec les citations latines
dans les archives de la Normandie, par M. L. Dubois.
Caen, 1824. Mancel, Libraire-Éditeur.

Lincoln, et c'est faire un grand éloge de l'é-
glise normande. On dit que l'église d'Arques
fut dédiée en 1257 par Eudes, ou Odo Rigault,
archevêque de Rouen. A l'entrée du chœur
est un jubé d'une élégance remarquable et
d'une grande légèreté ; il est entièrement dans
le style grec. Les fenêtres du chœur et des
chapelles latérales présentent encore une assez belle suite de vitraux peints ; les chapelles sont décorées de lambris où se trouvent
des ornements et des inscriptions en découpures. Dans celle qui est à la droite du chœur
était autrefois un buste de Henri IV, qui, à
ce qu'on rapporte, y avait été placé après la
bataille ; celui qu'on y voit aujourd'hui n'y a
probablement été mis que pour conserver la
tradition. On remarque dans le chœur, au pied
de l'autel, une pierre qui représente en son
costume un ancien morte-paie, et une autre
qui appartient à la sépulture de l'architecte de
l'église.

L'extérieur de l'édifice du côté du sud est
garni de nombreuses gargouilles ; une d'elles
porte le collier de l'ordre de saint Michel, par
conséquent elle ne peut avoir été placée avant

la fin du quinzième siècle. Le haut de la tour
est du dix-septième, et il nous a paru que la
plus grande partie de l'église appartient à l'architecture des quinzième et seizième siècles.

Il était temps de prendre une autre nour-
riture que celle de l'esprit : nous entrâmes
dans une auberge dont l'extérieur rappelle assez bien la construction des maisons du temps
de François Ier. Arques conserve encore çà et là
quelques vestiges qui annoncent son ancienne
importance ; l'aspect que présente ce bourg
s'accorde parfaitement avec les ruines du vieux
château ; on reconnaît facilement qu'on est ici
dans une ville déchue. Arques fut la capitale
de l'ancien comté de Talou, dont il est souvent
question dans les anciens historiens de Normandie ; mais les limites du territoire de ce
comté ne sont pas bien connues, et l'origine
de son nom se perd dans les obscurités de l'histoire du moyen âge. On ne possède rien de
certain sur les commencements de la ville
d'Arques : le nom d'Arques est cité pour la
première fois dans l'histoire en 944, à l'occasion d'une expédition du roi de France.

Un repas assaisonné par l'appétit nous avait

remis de la fatigue, légère à la vérité, que nous
avions trouvée sur le champ de bataille de
saint Étienne : nous étions maintenant en état
d'aller faire le siége archéologique du château
d'Arques. Nous laissâmes notre voiture à l'auberge : comme nous nous acheminions vers
la colline escarpée sur la pointe de laquelle
sont les ruines du château, nous remarquâmes
sur les piliers d'une porte qui est en face de la
halle, deux grosses têtes en pierres qui bien
certainement n'ont pas été faites pour la destination qu'on leur a donnée, et qui est un peu
turque, soit dit en passant. Ces têtes peuvent
avoir soutenu autrefois les retombées d'arêtes
de voûtes : au reste, il n'est pas rare dans les
lieux antiques de voir ainsi l'antiquité traves-
tie et souvent d'une manière beaucoup plus
singulière que celle-ci. Nous regrettâmes de
n'avoir pas choisi la fin du jour pour visiter
les ruines du château : le soleil étant, à l'heure
où nous y arrivâmes, très-élevé sur l'horizon,
les effets d'ombre et de lumière sur les ruines
étaient faibles, ce qui ôtait au tableau beaucoup de charmes. Nous suivîmes une rampe
en vieux murs qui défendaient autrefois les

approches de la forteresse ; le premier objet
qui frappa notre vue au-dessus de la croupe
du coteau , fut le couronnement découpé de
deux tours élevées de chaque côté de la porte
du nord. Bientôt nous eûmes gravi sur la
crête du fossé , et de là nous vîmes tout le
château qui se prolonge du nord au sud ;
les murailles sont flanquées de nombreuses
tours ; un large fossé qui ressemble à un précipice l'environne de toutes parts. Le possesseur de ces lieux , M. Larchevêque, nous
donna entrée dans la place forte, moyen-
nant un signe de reconnaissance que nous
mîmes dans la main d'une villageoise qui est
placée *ad hoc* : autrement les infidèles feraient
irruption dans le château, et renouvelleraient
des actes de vandalisme. Après avoir traversé une première cour, on passe sous une
porte à plein cintre, et l'on se trouve dans
une enceinte spacieuse vers l'extrémité de laquelle s'élève le vieux donjon, et sur la gauche
un petit pavillon chinois où M. Larchevêque
reçoit la compagnie qui veut bien s'intéresser
à ses ruines. Le donjon était revêtu autrefois
de pierres quarrées ; on en voit encore dans de

certaines parties : ces pierres sont un calcaire
d'eau douce dans lequel on trouve des incrus-
tations de roseaux et de feuilles. La porte a
plein cintre sous laquelle nous venions de
passer est formée de ces mêmes pierres. Cette
matière paraît avoir été très-employée dans
les constructions des onzième et douzième
siècles : on ne pourrait donc en tirer aucun
indice certain pour reconnaître qu'elles sont
les premières constructions, celles qui appartiennent au fondateur, le comte Guillaume,
oncle de Guillaume-le-Conquérant. Ce jeune
duc ayant donné à son oncle le comté de Talou,
celui-ci bâtit une partie de la forteresse qu'on
voit aujourd'hui, et voulut se servir de ce point
d'appui dans le projet qu'il forma de disputer à
son neveu le duché de Normandie. Mais Guillaume-le-Conquérant accourut pour arrêter la
rébellion du comte qu'il assiégea jusqu'à ce qu'il
l'eut forcé à se soumettre à ses ordres, malgré les tentatives que fit le roi de France
pour appuyer les révoltés. Cette place d'armes
a joué un grand rôle toutes les fois que la
guerre vint porter ses ravages dans cette partie de la Normandie. Il paraît qu'en 1144, elle

avait pour commandant un moine flamand,
qui fut tué d'un coup de flèche par un de ses
hommes d'armes : on sait qu'il n'était pas rare
à cette époque de voir les gens d'église être
gens de guerre. On aurait tort de juger de
l'importance que les souverains attachaient à
la garde du château d'Arques en le voyant
commandé par un moine ; car elle fut ordinairement confiée à des hommes appartenant
aux premières familles. Henri II, roi d'Angleterre, ajouta beaucoup de fortifications à
ce château, et c'est probablement aux constructions faites par les ordres de ce prince
qu'appartient la plus grande partie des ruines
qui subsistent encore. Au reste, le château
d'Arques ayant été long-temps occupé, a dû
recevoir de nombreuses réparations à plus
d'une époque. Dès 1195, Philippe Auguste,
profitant des trahisons de Jean-sans-Terre,
s'était approprié cette forteresse ; Arques fit
alors partie de la dot de la princesse Alix de
France. Richard cœur-de-lion vint assiéger le
château ; mais Philippe survenant avec six
cents hommes d'élite fit lever le siége, et pous-
sant jusqu'à la ville de Dieppe, qui commen-

çait à acquérir de l'importance, la réduisit en cendres. Le château d'Arques ayant été rendu à l'Angleterre, tint long-temps contre Philippe Auguste, lors de la conquête définitive de la Normandie : Rouen, Arques, Verneuil furent trois places qui firent une résistance mémorable. Si l'on revient aux temps plus modernes, Arques fut pris en 1419 par Talbot et Warwich, puis rendu à Charles VII par l'un des articles de la capitulation de Rouen. Un énorme boulet qu'on voit enfoncé dans une grosse tour en brique qui est du côté de la vallée, fut peut-être lancé par les batteries de Talbot. Le sieur De Chattes, gouverneur de Dieppe au temps de la ligue, et qui rendit d'importants services à Henri IV, était parvenu à l'aide d'une ruse à s'emparer de cette place. Quelques Dieppois et soldats de la garnison de Dieppe étant habillés en matelots se présentèrent au pont-levis sous le prétexte de vendre du poisson : mais les pêcheurs sycophantes qui avaient des armes sous leurs habits, montrèrent soudain ce qu'ils étaient et forcèrent le gouverneur à capituler.

La destruction du château n'est pas seulement l'effet du temps ; plusieurs maisons d'Arques et des environs furent construites et réparées avec des matériaux qui furent détachés de la forteresse. Ces démolitions furent autorisées par le ministère à différentes reprises, entr'autres en 1753 et 1768, époques où les bonnes religieuses d'Arques trouvèrent, dans les murs du château, les pierres nécessaires à l'entretien de leur pieuse demeure. L'intérieur ne présente plus ni bâtiments ni arcades ; rien ne subsiste de la chapelle qui était dans le donjon ; on ne peut plus, sans danger, pénétrer dans les nombreux souterrains ; on a peine à retrouver l'entrée de celui qui, partant du donjon, descendait jusqu'à la rivière. Le pied ne rencontre dans la première cour qu'un sol plein d'inégalités, à cause des monceaux de décombres qui y sont accumulés : la seconde enceinte a été transformée en jardin où croît la laitue, où verdit l'oseille

> Parmi de longs festons de lavande et de thym ;
> Et la fraise y mûrit au pied de la groseille.

Nous retournâmes sur nos pas, et avant que

de sortir nous entrâmes dans les deux tours
qui flanquent la porte septentrionale : on y
voit les restes de belles voûtes, et sur les murailles une nombreuse liste de noms de visi-
teurs. Il paraît qu'au commencement du dix-
huitième siècle, ces tours étaient encore assez
bien conservées : chacune d'elles avait un magasin sous terre et un corps-de-garde.

Il nous restait maintenant à examiner l'extérieur : nous fîmes le tour de la forteresse
en suivant la crête du fossé. Bien qu'il soit
certain que le château d'Arques reçût de
grandes augmentations depuis son fondateur,
il est très-difficile, sur-tout dans l'état de
dégradation où il se trouve, de juger quelles
sont les parties les plus anciennes ; et les re-
vêtements en brique, que l'on voit dans la
partie nord, ne suffiraient pas pour indiquer
que celle-ci est la plus moderne : car ces
briques peuvent recouvrir d'anciens murs.
Toute l'enceinte méridionale est dépourvue de
briques ; on remarque en quelques endroits
que les cailloux sont disposés suivant la manière de construire, appelée en arrête de poisson. La porte du sud n'est plus accessible à

7

moins de savoir grimper comme les chèvres ;
les hautes piles du pont se sont rompues et
forment un effet de ruines des plus frappants ;
toute la partie supérieure d'une de ces piles
est tombée sans se désunir, et reste appuyée
contre son ancienne base. Cette porte s'appelait la porte de Longueville, parce qu'elle
était tournée vers ce bourg, qui est à deux
lieues d'Arques, dans une vallée voisine :
Longueville fut autrefois un lieu fort considérable. L'aspect que présentent les ruines du
château, me fit naître diverses réflexions,
mais je ne sais pourquoi j'éprouvais quelque
satisfaction à contempler ces murs et ces tours
qui n'ont plus rien de menaçant ; peut-être
avais-je été conduit à cette sorte de plaisir
par une idée qui s'était emparée de moi
en gravissant vers le vieux château : je me
demandais de quelle utilité ces forteresses
avaient été pour le bonheur des peuples,
et je m'étais rappelé le passage d'un écrivain
célèbre, qui a dit que ces vieux châteaux
n'étaient que des nids à tyrans. Malgré ces
idées, et me rappelant d'ailleurs que cette
vieille citadelle avait protégé Henri IV, un

des meilleurs princes qui aient vécu sous les cieux, je blâmais le gouvernement d'avoir laissé le temps et les hommes mettre les choses dans l'état où elles sont. Il me semble qu'en mémoire de Henri, on aurait pu tirer parti de ces ruines, en élevant sur les terrasses qui sont cultivées aujourd'hui, une caserne pour y loger des invalides. Ces vieux favoris de la victoire aimeraient à vivre dans ces lieux témoins d'une illustre bataille : les soldats des Laroche-Jacquelin, des Masséna, lorsqu'on irait les visiter, vous expliqueraient, du haut de ces vieilles murailles, toutes les circonstances de la bataille d'Arques, et soudain, vous transportant par leurs récits sur les rives de la Loire, ou dans les champs de l'Italie, vous montreraient les soldats français toujours invincibles sous les étendards de la fidélité et de la patrie. Le jour de saint Matthieu, ils annonceraient à toute la contrée, par quelques salves d'artillerie, tirées au lever de l'aurore, la fête commémorative de la victoire de Henri; bientôt ils viendraient y prendre part, et y seraient reçus avec honneur : ces vieux guerriers se promèneraient tous les

jours en ces lieux, et sembleraient une garde
d'honneur destinée à conserver de glorieux
souvenirs. Avec quel enthousiasme ces vété-
rans eussent accueilli MADAME, Duchesse de
Berry, lorsqu'accompagnée du maréchal Su-
chet, elle alla visiter, il y a deux ans, le
château d'Arques. Son Altesse Royale n'eût
point vu dans cette enceinte, un hôtel aussi
magnifique que celui qu'éleva Louis XIV,
mais elle y eût également trouvé des guerriers
reposant leur vieillesse au milieu des trophées
de l'un de ses aïeux.

Nous nous étions flattés d'entendre du haut
de la montagne, ainsi qu'il arriva, Milord,
à un de vos compatriotes, les sons de la
flûte harmonieuse qui retentissent souvent
autour du château d'Arques, mais nous fûmes
privés de ce plaisir. Si Valmont et moi nous
n'eussions pas craint d'être importuns, nous
eussions été visiter celui qui sait si bien char-
mer les échos de la vieille capitale du Talou;
Monsieur le Chevalier REBSOMEN a d'ailleurs
d'autres titres aux hommages de ses conci-
toyens et des étrangers, que son admirable
talent. J'ai dit tout à l'heure que le séjour

d'Arques conviendrait parfaitement à des vé-
térans de la gloire française; il semble que
M. Rebsomen ait eu la même pensée que moi;
sorti des rangs de la garde, au milieu des-
quels il perdit la jambe droite et le bras
gauche, cet officier supérieur, libre de choisir le lieu de son séjour, a fait construire
dans ce bourg, une maison qu'il habite avec
sa famille. Si j'étais statuaire, et que je vou-
lusse avoir le modèle d'un guerrier mutilé,
je m'adresserais au chevalier Rebsomen ; jeune
encore, il conserve dans ce que la guerre a
épargné, tous les avantages qu'il a reçus de
la nature, son front élevé, couvert de quelques rides, annonce les souffrances qu'il a
éprouvées, mais son œil à la fois doux et
plein de feu, révèle le véritable courage : non,
jamais cet œil n'insulta les vaincus, mais il
ne se détourna jamais en présence du danger.
Passionné pour la musique dès ses plus tendres années, M. Rebsomen crut avoir perdu
plus que la vie lorsque, privé d'un bras, il
se vit condamner à ne plus manier jamais la
flûte qui avait fait ses délices. Au milieu des
douleurs que lui causaient ses regrets, et la

double amputation qu'on avait été obligé de lui faire, le sommeil venait quelquefois amortir ses maux et substituer des songes à la vérité ; alors le malade se retrouvait au milieu de concerts où sa flûte, comme de coutume, l'emportait sur tous les autres instruments ; il lui semblait même que les sons de cette flûte chérie, avaient une suavité qu'il ne leur avait point encore connue. Mais les douleurs reprenaient bientôt leur empire et causaient un réveil cruel, le malheureux, retombé dans la réalité, pleurait à chaudes larmes ; son désespoir était égal à celui d'Orphée, lorsqu'il eut perdu son Eurydice.

Je vous vois, Milord, impatient de savoir comment M. Rebsomen recouvra la faculté physique de devenir musicien, car je vous ai dit en commençant que nous avions espéré entendre les sons de sa flûte. Vous allez connaître tout ce que peut une passion dominante : éloigné des camps, il n'en avait que plus de loisirs pour se livrer à son art favori ; il invoqua l'invention, elle vint à son secours. Il saisit un ciseau de la main qui lui reste, il possède encore un pied pour faire mouvoir le tour, il crée une flûte qu'il peut jouer avec cinq doigts en la fixant sur un point d'appui qu'il fabriqua également lui-même. Avec quelle volupté sa bouche alla chercher pour la première fois cette adorable flûte, avec quel ravissement il en tira les premiers sons! Dès lors, les inquiétudes qui l'ont dévoré ne font plus qu'ajouter à son bonheur présent. Il n'est rien de plus touchant, de plus enchanteur que la mélodie que M. Rebsomen fait entendre, et vous devez croire qu'elle contribua beaucoup à l'acte de bienfaisance dont je vous ai parlé à l'occasion d'un concert donné au profit des pauvres matelots.

Nous redescendîmes à notre auberge; Valmont avait envie d'aller voir une ancienne chapelle de saint Guinefort, qui était autrefois à l'entrée d'Arques sur la route de Dieppe; mais nous apprîmes qu'elle est détruite, ou pour mieux dire, qu'elle a été changée en maison particulière. L'histoire de saint Guinefort est très-singulière, mais ne peut être traitée dans une lettre; ce nom pourrait avoir quelque chose de saxon et signifier *doux* et *fort*. Nous avons vu dans l'église d'Arques

une représentation du saint ; on lui a donné
la barbe d'un homme robuste et les traits
d'une femme ; ce saint est représenté cru-
cifié. L'ancienne chapelle étant à l'entrée du
bourg du côté de Dieppe, et n'ayant plus
rien qui attirât notre curiosité, cette circonstance décida Valmont à m'engager à ne point
suivre la vallée pour notre retour, bien que
ce soit la ligne la plus directe, et que cette
route, bordée de grands arbres, forme un
berceau de verdure presque continu d'Arques
à Dieppe. Nous gagnâmes le village de Gruchet
et la plaine, où nous prîmes la grande route de
Paris. Ce fut dans cette plaine, dans la partie
toutefois qui est la plus rapproché de Dieppe,
que le duc de Mayenne vint se poster après
la bataille. Il établit une batterie au-dessus
du village de saint Pierre d'Épinay, mais les
forts de la ville, et la citadelle qui existait alors
derrière le château, l'obligèrent à s'éloigner ;
il y eut en outre quelques petits combats dans
lesquels les troupes royales eurent le dessus.
Le Duc sachant que quatre mille Anglais venaient de débarquer à Dieppe, pour renfor-
cer l'armée royale, que de plus, le comte de

Soissons, le duc de Longueville et le maréchal d'Aumont, approchaient avec leurs troupes, jugea à propos de décamper, et c'est ce qu'il fit, sans faire sonner bien haut les fifres et les trompettes.

Bien que mon ami Valmont m'expliquât les différentes positions que Mayenne avait prises dans cette plaine, son esprit était toujours occupé d'Arques, et, pour parler plus exactement, il embrassait d'un seul coup-d'œil les ruines d'Arques et la ville de Dieppe. »Lorsqu'on inspecte les lieux comme nous le »faisons, me dit-il, on conçoit très-bien que »la ville d'Arques n'ait pu soutenir long-temps »la rivalité qui s'éleva entr'elle et Dieppe, du »moment que cette dernière eut été fondée »par le commerce maritime. Arques était en- »core une ville fort importante au onzième »siècle, ce qui constate que l'origine de »Dieppe doit être placée au commencement »du douzième. Lorsqu'on se reporte au mi- »lieu des circonstances de cette époque, on »découvre distinctement la marche des choses. »Ce rivage devenant, après la conquête, un »point de communication direct entre les

7.

»capitales d'Angleterre et de Normandie,
»Dieppe s'éleva sur le bord de la mer, et
»Arques déchut en même temps que la ville
»naissante augmenta. Ce nouvel établissement
»prit le nom de la rivière à l'embouchure de
»laquelle il était placé ; car il est certain que
»la rivière portait le nom de Dieppe avant
»l'existence de la ville ; mais on ignore l'épo-
»que où cette rivière reçut ce nom qui signifie
»*profond* : ce nom appartient aux langues du
»Nord ; *diep* en hollandais, *dyb* en danois,
»veulent dire profond ; je n'ai pas besoin de
»vous rappeler le mot anglais que vous savez
»d'ailleurs venir de la langue saxonne.«

Comme Valmont achevait cette explication,
nous arrivâmes à la hauteur du village de
Janval, que nous avions à peu de distance,
sur notre gauche. Il y avait autrefois deux
foires dans ce village, où les marchands de
Rouen pouvaient apporter leurs marchan-
dises. La route de Dieppe à Rouen le traver-
sait encore, il y a environ quatre-vingts ans :
les communications entre les deux villes
n'étaient pas alors aussi promptes qu'aujourd'hui, car au lieu d'être cinq heures en

route, on montait à quatre heures du matin
dans le coche,

Et de quel coche ici me venez-vous parler ?
Du coche le plus rude où mortel puisse aller ;

on partait, on suivait un chemin malaisé, et
la lourde voiture, après avoir bien cahoté
son monde, arrivait enfin vers les dix ou
onze heures du soir. Ce n'était pas le seul
avantage : on vous donnait quelquefois pour
compagnons de voyage, les malfaiteurs qui
étaient expédiés sur Rouen. Janval est aujour-
d'hui le rendez-vous, le Dimanche et le Lundi,
de toute la population de Dieppe qui ne va
point aux bals du grand monde, et qui pourtant aime à danser. La danse a lieu en plein
air, et les rafraîchissements sont servis de
même ; le cidre y est versé à pleine cruche, et
comme il est moins cher ici qu'à la ville, le
village étant hors des limites de l'octroi, les
amateurs reviennent toujours munis d'une
grande gaîté. Aussi l'air retentit de chants de
toute espèce, et ces chants continuent dans la
ville, car l'octroi ne fait pas payer les fumées
du cidre.

La ville de Dieppe présente un coup-d'œil
fort remarquable, lorsqu'on est arrivé, comme
nous l'étions, au sommet de la côte où se
trouvent réunies les grandes routes de Paris,
de Rouen et du Hâvre. Ces routes n'en formant plus qu'une, descendent à Dieppe par
une belle pente en ligne directe, au bas de
laquelle la ville paraît être dans la mer ; on
découvre l'immense plaine liquide qui semble
aller rejoindre le ciel, et si sa couleur glauque
ne détrompait les yeux, on prendrait volontiers les navires qui sont sur la rade, et qui
paraissent au-dessus des toits, pour des aéros-
tats d'une forme nouvelle. Lorsqu'on n'est
pas familiarisé avec ce point de vue, on serait
tenté un instant de se laisser saisir par la
crainte, mais la physionomie tranquille du
conducteur vous rassure ; vous comprenez
facilement que tout est dans son état ordinaire.

L'entrée de la ville n'annonce nullement
l'élégance qu'on va rencontrer quand on l'aura
franchie : quelques maisonnettes rangées sur
la droite, une porte cintrée et basse, accompagnée de deux tours tronquées, telle est la

porte de *la Barre* ; mais il paraît que cette
porte doit subir d'importants changements.
Il faut avouer cependant qu'elle forme contraste avec le reste de la ville, contraste qui
ne déplaît pas aux voyageurs ; car on ne s'at-
tend guères, en passant sous cette voûte
obscure, à se trouver bientôt au milieu d'une
aussi belle rue que celle que l'on parcourt
pour se rendre dans le quartier où arrivent
les voitures publiques. On laisse alors sur la
gauche le château qui domine la ville, et
contre lequel on remarque une haute tour
quarrée couverte en tuiles ; elle faisait partie
de la première église qui fut construite à
Dieppe : le haut de cette tour offre des ornements d'architecture du quinzième siècle.

Il me reste maintenant, Milord, à clore
mon paquet d'écriture et à le mettre sous
l'adresse de celui qui peut compter sur mon
inviolable attachement.

Le Vicomte de ***.

SEPTIÈME LETTRE.

Monsieur le Vicomte de *** ayant, dans la lettre précédente, parlé de la manufacture d'horlogerie qui existe à saint Nicolas d'Aliermont, Milord *** désira profiter du séjour de son ami dans le pays pour obtenir des renseignemens exacts sur cette importante manufacture. Ce qui suit a été extrait d'une lettre écrite après les plus scrupuleuses informations : on ne donne de cette lettre que le passage concernant saint Nicolas, attendu que le reste n'était qu'une conversation d'amis, et ne se rapportait cette fois que très-peu à Dieppe. (Note de l'Éditeur.)

. . . .
. . . .
. . . .

A saint Nicolas d'Aliermont, au-delà de la forêt d'Arques, à deux lieues et demie sud-est de Dieppe, est en quelque sorte cachée une manufacture d'horlogerie, dirigée par M. *Honoré* Pons. Cette branche d'industrie a pris dans ce village, depuis 1807, un tel degré de développement que cette fabrique fournit aux horlogers de Paris, de trois à quatre cents mouvements de pendules par semaine. Lors de l'exposition de 1819, M. Pons a été désigné par le juri, en exécution de l'ordonnance du Roi, comme l'un des artistes qui ont concouru aux progrès de l'industrie. La Société libre d'Émulation de Rouen avait déjà, en 1809, décerné une médaille d'or d'encouragement à M. Pons ; il lui en a été délivré une d'argent, en 1823, par le juri. C'est à un administrateur éclairé, à feu M. SAVOYE-ROLLIN, préfet de la Seine-Inférieure, que l'on doit d'avoir appelé de Paris, et fixé à saint Nicolas d'Aliermont, M. Honoré Pons, qui trouva cette fabrique à peu près dans le même état où elle était un siècle auparavant, époque de sa fondation ; les moyens de travail étaient si imparfaits et les résultats si peu estimés, qu'ils ne pouvaient soutenir la concurrence étrangère. M. Pons établit un nouveau système d'exécution ; il subdivisa le travail, créa et introduisit des machines de son invention, propres à polir, fendre et arrondir, avec la précision mathématique la plus exacte, les dentures des roues et des pignons.

C'est un véritable plaisir, pour l'ami des arts, que d'aller visiter les ateliers de M. Pons; il faut voir cet estimable et industrieux mécanicien entouré des merveilles qu'il a créées.

Dans un réduit champêtre on trouve une grande pendule astronomique, à secondes, avec échappement libre et à remontoir, dit à force constante; on voit avec le plus vif étonnement, un poids de six grains monter et descendre, et dans ce jeu alternatif, entretenir le mouvement d'un pendule de trois pieds de long, pesant trente livres, de manière à faire disparaître toute inégalité de rouages, ordinairement si contraire au mouvement régulier du pendule.

On remarque avec un égal intérêt une autre pendule astronomique, portative, marquant les secondes, établie sur le même principe d'échappement, ayant un balancier circulaire exempt de toute influence de la température, réglé par la spirale et régulateur lui-même de l'échappement. Le modèle de cet échappement est exécuté en grand pour en mieux démontrer les effets : on s'arrête devant cette pièce intéressante, qu'on ne doit quitter qu'après avoir écouté, avec l'attention la plus soutenue, les explications satisfaisantes qu'en donne M. Pons.

On examine un échappement à la *duplex* perfectionné, qui s'applique aux horloges marines ; c'est un essai de construction basé sur de nouveaux procédés, qui permet d'établir ces horloges à meilleur compte et de les rendre d'une utilité plus générale.

Viennent ensuite des horloges portatives, à répétition, avec échappement mixte de la virgule et de la duplex ; des surveillants de nuit applicables au service des hôpitaux, et par lesquels, au moyen d'un poussoir, on indique l'instant de l'observation. A l'aide de cette nouvelle invention, on est certain que le service d'une garde-malade est exactement fait aux heures prescrites.

On voit enfin, avec admiration, les machines qui servent à créer ou façonner, avec la plus scrupuleuse exactitude, les diverses parties de ces merveilles de l'art : ici une machine pour découper les bandes de cuivre en circonférence de roues, et en évider le centre en quatre parties ; là, une autre propre à fendre et diviser cette circonférence en dentelures ; une troisième pour fendre, diviser et façonner les dentures des pignons ; une quatrième pour polir ces mêmes dentures, après qu'elles ont reçu une trempe qui leur donne une dureté égale à celle du ressort. Toutes ces machines sont mues à l'aide de balanciers et par divers moyens de rotation.

En 1824, S. A. R. Madame, Duchesse de Berry, daigna visiter la manufacture de M. Pons ; cette Princesse qui se plaît à témoigner, pour les sciences et les arts, une bonté si encourageante, voulut bien demander à M. Pons l'explication la plus détaillée de tous les objets qui étaient mis sous ses yeux, et M. Pons dut recevoir comme un noble encouragement à ses travaux les paroles de satisfaction qui lui furent adressées par Son Altesse Royale.

HUITIÈME LETTRE.

. . . .
. . . .
. . . .

Nous partîmes donc pour sainte Marguerite : comme il s'agissait de suivre le bord de la côte, pour voir le petit hameau de *Pourville*, nous ne pûmes prendre une voiture. Valmont se décida à choisir une monture fort commode pour descendre et gravir des chemins escarpés et pierreux ; j'en fis autant que lui, et vous eussiez pu rire, Milord, de voir un ancien officier de cavalerie monté sur un âne. Au reste l'espèce de nos coursiers est assez à la mode à Dieppe ; on rencontre souvent des caravanes de promeneurs et de promeneuses parcourant sur cette modeste monture les environs de la ville : c'est très-commode, on suit les petits sentiers, on met pied à terre, on remonte avec la plus grande facilité, on ne craint point de grandes chutes.

En sortant de Dieppe, nous nous acheminâmes par le faubourg de la Barre ; nous vîmes dans le fossé du château la porte d'un souterrain qui, passant sous le faubourg et une montagne, forme la conduite des eaux qui alimentent les nombreuses fontaines de la ville. Ce souterrain, qui a trois quarts de lieue et qu'on dit être un travail fort curieux, fut exécuté dans le seizième siècle.

Nous suivîmes au sortir du faubourg une rue couverte de grands arbres qui mène à *Caudecôte* dont je vous ai déjà parlé ; on a trouvé dernièrement dans cette rue une urne cinéraire qui annonce des sépultures romaines. Vers l'extrémité de la rue est une maison d'une assez belle apparence, ce fut le séjour d'un vieillard vertueux, M. Desmarquets, qui est connu par ses *Mémoires chronologiques* pour servir à l'histoire de Dieppe.

Il nous fallut à peu près une demi-heure pour gagner Pourville, ancien village, ancien port, dit-on, qui ne présente plus aujourd'hui qu'une douzaine de pauvres maisons et les ruines de son église. Ces ruines et le site de Pourville ont été souvent dessinés, j'ai vu plusieurs gravures représentant ce lieu,

mais on n'a pas rendu le modèle dans toute
son âpre nudité. Walter Scott eut été plus soi-
gneux ; il se fut arrangé à merveille du site
de Pourville, pour y placer quelque scène de
pêcheurs, ou mieux quelque coup de main
de contrebandiers.

Dans l'hiver de 1650, ce fut sur cette plage
que s'embarqua la duchesse de Longueville,
lorsquelle s'aperçut qu'elle ne viendrait point à
bout de faire la conquête des Dieppois. Elle les
menaçait en vain depuis plusieurs jours du haut
du château de Dieppe qui était en son pouvoir ;
les bourgeois furent inébranlables dans leur fidélité au Roi ; et comme ils se mirent à faire des
réjouissances à l'occasion de l'arrivée du sieur
Duplessis Bellière, que le Roi leur envoyait
pour les commander, la duchesse, mécontente
du peu de galanterie de ces gens-là, et crai-
gnant même qu'ils ne montassent au château,
prit la fuite et sortit avec dix gentilshommes
par la porte du château qui donne sur la côte.
Dans sa course précipitée elle joua encore de
malheur, car en passant la rivière de Pourville un sac de mille francs tomba de sa va-
lise, et elle-même se laissa cheoir dans l'eau.

A quelques pas de là se trouvait le presbytère, non pas des plus riches, le bon curé
qui l'habitait n'ayant que deux cents francs
de bénéfice : on frappe à la porte, on ouvre,
le curé ne s'attendait guères à recevoir cette
belle dame et sa suite ; son petit logement suffit à peine pour les mettre à l'abri, il ne peut
offrir qu'un grand feu de branches sèches. Sous
le manteau de la large cheminée, était la vieille
chaise pastorale sur laquelle la duchesse se
plaça pour sécher ses habits du mieux possible ; après qu'elle se fut réchauffée elle s'embarqua dans la chaloupe d'un navire qui l'attendait sur la rade. Le curé et son bon feu
ne furent point oubliés, un bénéfice de mille
francs fut attaché au presbytère de Pourville,
ainsi qu'une rente de plusieurs centaines de
fagots.

Si toutes les traditions étaient vraies, saint
Thomas de Cantorbéry aurait débarqué à
Pourville, et aurait donné à l'église un calice
qui avait le pouvoir de guérir de la fièvre. Le
fait est qu'il y avait autrefois dans l'église un
calice dans lequel les fiévreux venaient boire ;
on conserve encore aujourd'hui dans un petit

bâtiment couvert en chaume, qui est au pied de la côte, sur la droite de la route, une coupe en verre et une vieille statue en bois qu'on dit être un saint Thomas. Quoiqu'il en soit, si l'on s'en rapporte à l'histoire écrite, Pourville ne fut point le lieu de débarquement de Thomas Becquet; vous connaissez trop l'histoire d'Angleterre pour que j'insiste sur ce point.

Lorsqu'on quitte Pourville, pour entrer dans la cavée qui conduit sur la côte de l'ouest, on voit à gauche une petite masure où l'on découvrit, il y a quelques années, un tombeau en gypse qui renfermait des ossements. Il paraît qu'on en trouve souvent de pareils dans la Haute-Normandie; on pense que le chemin que nous suivions le long de la côte a pu être jadis une voie romaine.

Lorsque nous fûmes dans la plaine nous aperçûmes sur notre gauche, au milieu du bois de Hautot, quelques pans de vieilles murailles : ce sont les restes de l'ancien manoir des seigneurs de Hautot. Vers la fin du quatorzième siècle un d'eux, Sire Robert d'Estouteville, déclara la guerre aux Dieppois, qui ayant fait de grandes dépenses pour enclore

leur ville de murailles , ne pouvaient payer les
arrérages d'un fief qu'ils avaient compris dans
leurs murs , et qui appartenait au seigneur de
Hautot. En conséquence, dès que les soldats
de Sire Robert d'Estouteville rencontraient
des habitants de Dieppe , ils les faisaient prisonniers et les conduisaient au château dont
on voit les ruines ; mais le Roi prit les Dieppois sous sa protection jusqu'à ce qu'ils eussent
acquitté leur dette.

Après avoir traversé une plaine et franchi
une petite côte , nous arrivâmes au village de
Varangeville, l'un des plus beaux de la France
à cause de son étendue , de ses magnifiques
plantations , de ses bruyères , de ses sources
dont quelques-unes sont minérales , et des
points de vue variés qu'il offre soit du côté
des plaines , soit du côté de la mer. Varangeville depuis de nombreuses années fournit
à Dieppe et au commerce de cette ville des
tuiles et des briques qui sont fabriquées à
l'entrée du village. Nous suivîmes de longues
et belles rues couvertes de grands arbres dont
le feuillage produit des effets de jour qu'on ne
trouve ordinairement qu'au milieu des forêts.

Nous allâmes voir un vallon au fond duquel est un petit bois incliné vers une gorge qui descend au bord de la mer. Toute la partie supérieure du vallon est taillée circulairement comme un vaste théâtre : au lieu de loges et de colonnes on trouve un beau gazon et des arbres majestueux ; plus bas est une source qui donne naissance à un ruisseau au bord duquel sont quelques vieux saules. Bien qu'on soit ici sur une montagne élevée on retrouve les plantes des prairies. Quelques fragments de poterie antique trouvés près de la source, et le nom de *Martieu* donné à cette fontaine rustique, pourraient faire penser que ce fut une fontaine consacrée. Le ruisseau se perd dans le bois au-dessus duquel on découvre la mer et toutes les côtes littorales qui fuient en perspective jusqu'à l'embouchure de la Somme.

Le village de Varangeville nous offrait de plus un monument digne d'attirer l'attention et les hommages de tout voyageur, je veux parler de la maison ou manoir d'Ango ; mais avant de parler de ce qui reste de cette belle maison de plaisance, il est à propos de vous

8

dire quelques mots sur son ancien possesseur. Ango de Dieppe vivait dans le seizième siècle ; il fut d'abord marin, il fréquenta les côtes de l'Afrique et des Indes comme officier, ensuite comme capitaine de navire ; puis ayant pu abandonner les voyages, il arma des navires à son compte et les envoya trafiquer dans les pays qu'il connaissait. Il devint aussi le chef de quelques-unes de ces associations qui alors louaient au Roi ou à des gentilshommes aventuriers des navires de guerre pour différentes expéditions ; car il n'y avait point à cette époque de marine royale. Ango devint immensément riche, et par conséquent un des hommes les plus puissants de son temps : il reçut chez lui le roi François Ier, qui était venu à Dieppe pour examiner les préparatifs militaires qu'on faisait sur les côtes. On est étonné de la magnificence qu'Ango déploya dans cette occasion : c'était un luxe d'ameublements, d'argenterie, de tableaux, de sculptures qui l'emportait sur celui de la cour. Ango avait fait venir exprès d'Italie pour décorer sa demeure des artistes des plus renommés : ce magnifique hôtel était sur un des

quais à la place où l'on voit aujourd'hui le collége. J'ai dit que ses richesses rendaient Ango
un des hommes les plus puissants de son
temps, en voici un exemple : les Portugais
ayant attaqué un de ses navires et s'en étant
rendus maîtres, il voulut obtenir raison de
cet acte d'hostilités ; il arma en guerre des navires et les remplit de soldats ; cette expédition
se rendit à l'embouchure du Tage, prit tous
les navires portugais qu'elle rencontra, et fit
de grands ravages débarquant sur plusieurs
points de la côte. Le roi de Portugal étonné et
alarmé de cette guerre inattendue, envoie vers
le roi de France; François Ier adresse l'ambas-
sadeur à Ango qui accorde la paix au Portu-
gal. Ango, comme le dit très-bien l'historien
du Hâvre et de ses environs, ressemblait à un
souverain dont Dieppe eut été la capitale. L'importance de la ville de Dieppe répondait d'ailleurs au spectacle imposant qu'y déployait
Ango. Cette ville renfermait de riches manu-
factures; ses flottes marchandes étaient répandues sur toutes les mers ; ses entreprises de
pêche étaient aussi considérables que celles de
la Hollande. C'est à cette dernière école que

se sont formés ces navigateurs dieppois qui fréquentèrent des rivages inconnus avant eux, et qui, s'ils ne découvrirent pas les premiers l'Amérique, car cette question est encore indécise, reconnurent au moins une partie de ce nouveau continent. Encore aujourd'hui les marins de Dieppe n'attendent que l'occasion pour se montrer aussi hardis, aussi entreprenants que leurs pères. L'année dernière, le capitaine Louis-Antoine GUÉDON de Dieppe, commandant un baleinier de cette ville, le *Groenlandais*, s'avança dans la baie de *Baffin*, sur les traces du capitaine PARRY, releva des côtes que le célèbre navigateur anglais n'avait pu aborder, pénétra dans la baie de *Ponds*, et, dans son amour pour sa ville natale, donna à une île de ces mers arctiques le nom de Dieppe (1).

Trois causes principales ont amené la décadence de cette ville célèbre : le bombardement de 1694, l'accroissement du Hâvre et les droits toujours progressifs que les archevêques de Rouen percevaient sur les mar-

---

(1) *Voir la Note à la fin de la Lettre.*

chandises entrantes et sortantes par mer et par terre, et sur la pêche : les archevêques de Rouen étaient seigneurs de Dieppe (1). L'histoire de Dieppe présente tant de considérations importantes, que pour peu qu'on les aborde, on se trouve entraîné dans des questions que je n'ai pas l'intention de traiter surtout dans des lettres : je me prends sur le fait ; car à l'occasion d'Ango voici que j'entrais dans l'explication des causes de la prospérité et de la décadence de ce port de mer. Ango fut un exemple frappant de l'inconstance de la fortune ; il perdit ses richesses et passa tristement ses derniers jours : il s'était retiré dans sa maison de Varangeville, mais il voulut qu'après sa mort on le reportât à Dieppe et qu'on l'inhumât dans une chapelle de saint Jacques, qu'il avait ornée au temps de

---

(1) Richard Cœur-de-Lion voulant bâtir une forteresse à Andely, dont les Archevêques de Rouen étaient seigneurs, fut obligé de céder à Gautier, archevêque de Rouen, en échange d'Andely, de la forêt et autres appartenances, Dieppe, l ouviers, Aliermont, Bouteilles et les moulins de Rouen :

Depa, Locus veris, Aliermont, Boutila, molta.

sa prospérité. Cette chapelle fait aujourd'hui partie de la sacristie ; je vous ai déjà parlé des arabesques qu'on y voit extérieurement, des sculptures et arabesques qui sont à l'intérieur, et de ses fenêtres terminées en coquilles. La maison de campagne d'Ango, malgré les nombreuses altérations produites par le temps, est une école où l'on peut étudier les leçons des meilleurs architectes du seizième siècle. Après avoir été frappés de la vue générale des bâtiments, nous arrêtâmes nos regards sur une suite de médaillons qui sont placés au-dessus d'une grande porte ; deux de ces médaillons, si je ne me trompe, représentent François Ier et Diane de Poitiers. Mais ceux-ci comme les autres auraient besoin d'être étudiés plus soigneusement que je ne l'ai pu faire ; nous eûmes l'occasion de remarquer de nouveau avec quel art les ouvriers de ce pays taillaient autrefois le silex qu'on faisait entrer dans les constructions : ces silex noirs régulièrement taillés forment avec d'autres pierres des espèces de mosaïques, bien qu'il soit ici question de murs et non de pavés. Le goût des artistes italiens se fait sentir de tous côtés dans ce qui

reste du manoir d'Ango ; nous entrâmes dans
une grande salle ouverte , donnant sur la cour
et exposée au nord , nous remarquâmes contre
un mur les restes d'une fresque dont on pourrait peut-être retrouver les dessins à l'aide des
lignes qui sont restées tracées sur l'enduit du
mur. Plusieurs portes , plusieurs fenêtres sont
accompagnées de petits sujets divers et de
fantaisie , sculptés avec la plus grande habileté.
On voit çà et là dans la cour des corniches ,
des tronçons de colonnes et des pierres sculp-
tées. Dans un des angles de la cour s'élève une
tourelle dont l'extérieur est d'une grande élégance : à l'intérieur on trouve un escalier fort
bien conduit. Du haut de cette tour on jouit
d'une vue des plus étendues ; on aperçoit un
grand nombre de villages , des plaines cultivées , des coteaux boisés. Notre guide nous
apprit qu'on découvre six lieues à la ronde :
il paraît qu'autrefois on apercevait de cette
tourelle la pleine mer , et qu'Ango pouvait reconnaître ses vaisseaux arrivant de leurs expéditions et cinglant vers le port de Dieppe.
En faisant le tour du château , je remarquai
que le haut des conduits des cheminées est en

forme de barillets ; ces cheminées sont absolument les mêmes que celles que vous avez
pu voir à Hampton-court sur le palais que le
cardinal Wolsey fit construire à son retour
de France. Le manoir d'Ango était entouré
de grandes cours, et du côté de l'est on arrive à travers des allées d'arbres et des plantations d'une grande magnificence ; et cependant le possesseur de cette belle demeure a
fini sa carrière au milieu des humiliations
que les hommes se plaisent à déverser sur
ceux dont ils furent jaloux et que la fortune
abandonne. Il est vrai de dire qu'Ango s'était
fait de cruels ennemis parmi ses anciens as-
sociés par sa fierté et des actions dignes d'un
despote. Le manoir d'Ango est aujourd'hui
transformé en ferme ; le fermier qui l'occupe
est le maire de Varangeville. En quittant ce monument de la richesse et de la renaissance des
arts, nous continuâmes notre route vers sainte
Marguerite. Je ne vous peindrai point la va-
riété des sites qui s'offrirent à nos regards ;
ces villages boisés, ces clochers en pointe qui
apparaissent dans le lointain : l'allure tranquille de nos humbles coursiers nous permet-

tait de jouir à notre aise des particularités du
voyage, et nous déployâmes, pour nous ga-
rantir de l'ardeur du soleil, les parapluies dont
nous nous étions munis en voyageurs avisés.
Nous aperçûmes de loin l'église de Varangeville placée sur le bord de la côte, et la tour
blanche du phare d'Ailly que nous perdîmes
plusieurs fois de vue avant d'y arriver. L'é-
glise de Varangeville est à l'une des extrémi-
tés du village ; beaucoup d'habitants ont plus
d'une lieue à parcourir pour venir y entendre
l'office divin ; les vieillards racontent qu'on
voulut autrefois détruire cette église et se servir des matériaux pour en bâtir une autre au
centre de la paroisse, mais que saint Valery
patron de la vieille église s'y opposa : les
pierres qu'on avait apportées dans le jour
pour la nouvelle construction se trouvaient
miraculeusement reportées dans la nuit à la
place d'où elles avaient été tirées, il fallut bien
renoncer au projet que l'on avait formé.

Aux belles plantations de Varangeville, suc-
céda une plaine assez aride sur laquelle nous
entrâmes ; quelques bruyères recouvrent à
peine un sol pierreux et noirâtre ; de ce point

8.

nous pouvions juger facilement de l'architecture du phare ; c'est une tour quadrangulaire ornée de frontons en arcades avec des modillons ; elle est surmontée d'une plate-forme ronde, sur laquelle s'élève la lanterne qui est entourée d'une grille à hauteur d'appui ; au pied de la tour sont plusieurs bâtiments où logent les gardiens préposés à l'entretien de la lumière. Nous nous y arrêtâmes pour prendre quelque repos, et comme on reçoit ordinairement dans cette maison d'assez nombreuses visites, nous en profitâmes pour satisfaire à l'appétit que nous avions gagné dans notre course. Ce phare fut bâti en 1775, à quatre-vingts toises du bord de la falaise ; la construction en coûta, dit-on, quatre-vingt-douze mille livres. Ce bel et utile établissement est menacé d'une ruine prochaine, à laquelle contribuent deux causes, savoir, la destruction de la falaise et l'entraînement des terreins supérieurs, qui sont d'ailleurs peu solides vu la grande quantité de sources qu'ils renferment. Ces terreins qui présentent des *lignites* ont attiré l'attention des géologues. La lumière du phare se fait apercevoir à douze lieues en mer; le nombre et la durée de ses éclipses, indice certain pour les navigateurs, sont réglés par un mécanisme qui ressemble à celui des pendules : l'origine de cette ingénieuse invention est due à un dieppois, feu M. Descroizilles. Du haut du phare on embrasse un horizon immense; avec une lunette d'approche, on peut voir des navires entrer dans la Somme, dans le port de Dieppe et dars celui de S. Valery-en-Caux. Une manufacture de sulfate de fer existait encore, il y a quelques années, tout près du phare; elle fut abandonnée, et l'on ne voit plus aujourd'hui que les ruines de quelques ateliers et des monceaux de terres noirâtres, épuisées par l'exploitation. Du sommet de la tour nous avions déjà aperçu le village de sainte Marguerite, qui n'est pas à un quart de lieue; nous reprîmes le chemin qui y conduit. Sainte Marguerite est dans un vallon bordé de coteaux couverts de joncs-marins; la verdure un peu sombre de ces coteaux contraste avec la couleur azurée de la mer; vers la gauche la vue se perd dans les lointains vaporeux que présente le pays de Caux. La coupe abrupte des falaises, les caps, les anses de la côte, ajoutent à la sévérité de ce tableau qu'on ne se lasse pas d'admirer.

Nous avions entrepris notre voyage pour voir un pavé en mosaïque, qui se trouve à quelques pas de l'autre côté du village. Cette mosaïque est dans un champ qui appartient à M. De la Tour, maire de sainte Marguerite. Nous descendîmes chez ce propriétaire pour le prier de nous permettre de voir ce pavé antique ; M. De la Tour se prêta à notre demande avec toute l'obligeance possible : il voulut bien nous accompagner, et fit venir un homme qui, en peu de temps, eut enlevé assez de terre pour satisfaire, autant que possible, notre curiosité. La mosaïque n'est pas recouverte de plus d'un pied de terre sur le point où nous la vîmes : elle est en terre cuite, et il paraît que la plus grande partie est d'un blanc jaunâtre, mais nous reconnûmes le commencement d'un quarré qui renferme des cercles dont les zônes concentriques, offrent les couleurs alternées du rouge de couleur de brique, de l'ardoisé et du blanc jaunâtre. Les intervalles des cercles forment des losanges de cette dernière couleur, cinq petits cubes tantôt bleus, tantôt rouges, disposés en quinconces, occupent le centre de ces losanges. La bordure du quarré se compose, d'un côté, de festons de couleur rouge et blanche renfermés entre deux bandes bleues, de l'autre, on trouve seulement une bande de cette couleur. M. De la Tour a formé le louable projet de mettre cette mosaïque entièrement à découvert ; ce sera seulement alors qu'on pourra juger l'ensemble, et se former une opinion sur la nature et la destination de la construction à laquelle appartint ce pavé. Était-ce le prétoire d'un camp stationnaire, un temple ou même un tombeau ? on ne peut rien avancer tant qu'on n'aura pas déterminé l'étendue du pavé, et qu'on n'aura pas pris connaissance des débris, des ruines qui doivent se trouver autour de la mosaïque. Ce fut M. SOLLICOFFRE, alors inspecteur des douanes à Dieppe qui, en 1822, signala le premier aux archéologues, l'existence de cette mosaïque, ainsi que la découverte de plusieurs tombeaux en gypse, trouvés près d'un corps-de-garde qui est à peu de distance de

la mosaïque et à l'ouverture de la vallée de
Saâne. Des prairies de cette vallée portent le
nom de *la Cité;* ces prairies sont placées au
pied de la côte sur laquelle est la mosaïque.
On ne doit pas toujours se fier à ces dénomi-
nations pour supposer des positions antiques ;
mais les découvertes faites à sainte Marguerite,
sont des garanties suffisantes de l'existence
d'un établissement romain sur ce point de
la côte ; tout porte à croire qu'on doit retrouver à l'embouchure de la Saâne, et sur
les coteaux voisins, les restes de la station
anonyme indiquée par Danville. Un habitant
du village nous dit que sainte Marguerite avait
été jadis un lieu d'étape : l'avait-il entendu
dire à quelque étranger qui était venu sur
les lieux avec des données, ou bien est-ce
une tradition? c'est ce que nous n'avons pu
découvrir : si cette explication vient d'une
tradition, elle s'accorde parfaitement avec les
suppositions des antiquaires.

Mon ami Valmont a pour principe d'aller
visiter toutes les églises voisines des lieux où
l'on trouve des antiquités ; et il ne manqua
pas de prier M. De la Tour, de lui procurer

l'entrée de l'église de sainte Marguerite. Le portail de cette église appartient à l'architecture romane, mais il est d'une grande simplicité : ce qui le distingue est le peu de saillie des contre-forts ou piliers. Les clefs furent apportées par le sacristain ou magister, qui vint avec toute la gravité attachée à son ministère. Sa perruque rousse, sa redingotte noire, qu'il venait sans doute de passer à la hâte, car le haut d'une manche n'avait point encore atteint l'épaule, ses culottes courtes, ses bas noirs, lui donnaient un petit air de sacerdoce, mais il n'en est rien, il est seulement chargé de la garde des clefs, et possède le droit de sonner l'*Angelus*. L'église de sainte Marguerite offre intérieurement un seul côté de nef, celui de gauche, qui appartient, comme le portail, à l'architecture romane ; les cintres sont ornés de frètes crénelées : les autres parties, excepté l'abside, sont très-modernes. L'obscurité qui règne dans cette église, qui menace ruine, semble disposer aux regrets qu'on éprouve en voyant ce monument du onzième siècle sur le point de s'écrouler : l'autel du chœur est formé de petites colonnes

avec des chapitaux romans, ce qui produit
un effet singulier. Avant que de sortir, nous
essayâmes de déchiffrer une pierre qui est dans
la nef, à l'entrée de l'église. Cette pierre est
très-mal gravée, et de plus très-usée par les
pieds des fidèles. Tandis que nous étions en
peine de découvrir les lettres, le sacristain,
ses clefs à la main, se tenait droit devant nous,
et tâchait de nous aider de ses conseils : il ré-
péta plusieurs fois : C'est peut-être comme
qui dirait *hic jacet*, car, messieurs, on met
sur les pierres *hic jacet*. Au lieu de latin,
nous trouvâmes du français, et nous lûmes
assez distinctement le singulier commencement d'une épitaphe, CY GIST L'AME ET LE
CORPS, le reste ne nous offrit rien de remarquable.

La vue extérieure de l'abside est de toute
beauté : ces pierres creusées par le temps, la
teinte rembrunie qui les couvre comme un
bronze antique, les reflets verdâtres que produisent les rayons du jour qui passent à travers de grands arbres voisins, le toit de chaume
qui abrite cette vénérable antiquité, dont de
profondes crevasses annoncent la chute pro-

chaine, tout contribue à exciter l'intérêt au plus haut point. Valmont, qui a visité beaucoup d'antiquités, m'assura n'avoir jamais rencontré, comme ici, un concours d'effets propres à faire naître dans l'âme les impressions d'une mélancolie douce et austère. Autour de cette abside règnent de petites fenêtres formées de pleins cintres, qui s'entre-croisent et produisent des ogives : cette disposition appartient encore à l'architecture romane. Il serait fort à désirer que l'on put conserver cette église, et que dans les réparations qu'on y ferait, on eut grande attention de ne point altérer les caractères de son architecture. L'église de sainte Marguerite est le monument religieux le plus ancien que l'on rencontre, dans un rayon assez étendu, autour de Dieppe; le château d'Arques et cette église, sont les deux constructions les plus anciennes que les promeneurs puissent visiter. On retrouve ici, comme au château d'Arques, ce calcaire d'eau douce dont je vous ai parlé, et que je vous ai dit avoir été fréquemment employé dans les édifices des onzième et douzième siècles.

Nous devions, Valmont et moi, faire de petits voyages dans les vallées de Longueville et de Bellencombre. La beauté des paysages qui valent, dit-on, ceux de la Suisse, les ruines du château de Longueville, l'église de ce bourg, les pavés faïencés du moyen âge, qui sont dans le chœur, quelques parties d'architecture romane, enfin le plaisir de faire ensemble des incursions, tels étaient les motifs qui devaient nous guider. Je voulais aussi, Milord, vous parler encore un peu de Dieppe où j'ai passé des journées fort agréables. Nous avions projeté une promenade en mer, mais le signal du départ m'est donné. Le temps, ce maître de poste qui ne se paie d'aucune raison, me presse, me commande de me mettre en route. Je regrette beaucoup de ne pouvoir me trouver ici pendant le séjour de la Princesse; elle arrive après-demain. Des jours de fête vont commencer pour les Dieppois, j'en eusse pris ma part; il faut partir; mais, Milord, je laisse Valmont à Dieppe, et si vous avez encore quelques renseignements à demander sur ce pays normand, notre autiquaire vous les donnera avec le plus grand plaisir; toutefois, je dois vous avertir qu'il ne mettra pas dans sa correspondance autant de rapidité que moi. Toujours muni d'un encrier, je vous écris de la ville, de la campagne, plus souvent sur mes genoux que sur une table, mais enfin mes lettres sont fournies, et c'est ce que vous demandez de celui qui vous est attaché pour la vie.

Le Vicomte de ***.

(*Note qui se rapporte à la page 172.*)

Le capitaine P'ARRY et ses officiers à leur retour, en 1820, crurent que la baie de *Ponds* pouvait être un détroit qui communiquait avec celui du *Prince-Régent;* l'encombrement des glaces ne permit pas au célèbre voyageur anglais d'y pénétrer. Le capitaine GUÉDON plus heureux avança, dans cette baie, à quinze mille ouest de l'entrée, et les observations faites du *Nid du Corbeau* donnent à croire qu'on se trouvait dans un détroit communiquant avec celui du *Prince-Régent,* dont on n'était qu'à soixante-dix ou soixante-quinze lieues. Cette entrée ou détroit porte sur la carte qui a été dressée de cette expédition le nom du capitaine GUÉDON. L'île *Dieppe*, découverte par le même capitaine, est placée, d'après ses observations, par 72 d. 42 m. latitude-nord et 78 d. 35 m. ouest de longitude, comptée du méridien de Paris. Ceux qui voudraient de plus amples détails de cette importante expédition doivent consulter la relation dressée par M. NELL DE BRÉAUTÉ, et qui est consignée dans les *Annales maritimes du mois de Juin* 1826.

Le capitaine *Louis-Antoine* GUÉDON a reçu la récompense de son zèle intrépide : le Roi vient de lui accorder la décoration de Chevalier de la Légion d'Honneur.

On doit une mention particulière au Sieur SÉBILLE, second du bâtiment, qui a partagé les dangers de cette expédition et activement aidé le capitaine *Guédon* dans ses travaux. C'est lui qui, poursuivant les baleines, pénétra douze mille plus avant dans le détroit, et remarqua que le courant portait alternativement à l'est et à l'ouest pendant six heures; il monta aussi sur une côte fort élevée, dans la partie nord de ce détroit, sans apercevoir de terre à l'ouest.

FIN.